极简

丢掉不必要的物品，
开始极简主义生活

〔日〕沼畑直树 著
邹艳苗 译

人民文学出版社
PEOPLE'S LITERATURE PUBLISHING HOUSE

著作权合同登记号　图字 01-2018-8980

图书在版编目(CIP)数据

极简:丢掉不必要的物品,开始极简主义生活/(日)沼畑直树著;邹艳苗译. —北京:人民文学出版社,2019(2021.1 重印)
ISBN 978-7-02-014988-9

Ⅰ. ①极… Ⅱ. ①沼… ②邹… Ⅲ. ①随笔-作品集-日本-现代 Ⅳ. ①I313.65

中国版本图书馆 CIP 数据核字(2019)第 016921 号

责任编辑　**卜艳冰　杜玉花**
装帧设计　**钱　珺**

出版发行　**人民文学出版社**
社　　址　**北京市朝内大街 166 号**
邮政编码　**100705**
网　　址　**http://www.rw-cn.com**

印　　制　**莱芜市圣龙印务有限责任公司**
经　　销　**全国新华书店等**

字　　数　**118 千字**
开　　本　**787 毫米×1092 毫米　1/32**
印　　张　**10.25**
版　　次　**2019 年 9 月北京第 1 版**
印　　次　**2021 年 1 月第 2 次印刷**

书　　号　**978-7-02-014988-9**
定　　价　**49.80 元**

如有印装质量问题,请与本社图书销售中心调换。电话:010-65233595

在收拾干净的餐桌上，享用一杯咖啡。

这是神圣的极简主义的一刻。

每天，用水仔细擦拭。

每次擦拭，就像抚摸自己的心爱之物一样。
而灰尘是永远积不下来的。

不管做什么样的菜，我都会将厨房收拾干净。

饭后立刻洗碗、擦拭、收拾，
我家的厨房总是像样板房一样洁净无尘。

决定自己的物质拥有量。

自己决定物品的量和大小。
包括你的收入、汽车、房子。

找找还有什么没有决定好最少量的东西。
然后制定符合自己的量。

于是，即使你拥有的物质不如别人，
你也会心平气和地觉得“这样就很好”。

自己的价值观要由自己决定。

试着想象你的最小限。

然后再想象，

国家（税收、人口等）的最小限是多少？

食物（量、种类）的最小限是多少？

生活杂音的最小限呢？

人际关系的最小限呢？

用极简主义，解开人类幸福的秘密。

关于幸福的理论很多也很复杂，上升到哲学就更难了。
但是，如果从极简主义的角度来思考，就能找到最简单、直接的幸福论。

最小限主义= Minimalism（极简主义）

这是一种将任何事物从最小限开始尝试，
直至寻找到最适合自己的量的生活方式。

为什么最小限主义非常适合日本人呢？
因为我们追求的幸福的生活方式，
与极简主义有着很多关联。

那么，
不妨坐下来慢慢地听我聊一聊极简主义吧。

前言

那是 2013 年 11 月。

残留着浓郁的意大利文化的克罗地亚的科尔丘拉岛上，下着倾盆大雨。

为了给女演员大谷英子拍摄一组照片，我来到了这里。这场雨将我们的工作暂时耽搁了。

我们一行人参观了当地的酒窖后，回到酒店房间，各自无聊地打发时间。

窗外的港口荒废着，漆黑一片的大海上，不时地打着闪电。

我打开房间里的小电视，有一眼没一眼地看着克罗地亚队的足球比赛。

房间里，除了我的一只小小行李箱，几乎

空无一物。

甚至，从电视里，连我的母语也听不到。

这个岛与大陆没有连接，是一座漂在亚得里亚海上的孤岛。

而这雨声让孤独感更加倍了。

但我觉得很舒服。

这种让我觉得很舒服的孤独感，在我一个人的海外旅途中常常出现。

这次来克罗地亚之前不久，我刚刚知道了一个新词，叫“minimalism（极简主义）”。

就像我此刻这样，自己持有的物品达到最小限。

也没有什么喜欢的事物。

大概这种感觉就叫“minimalism”吧。

“minimalism”被译作“最小限主义”，原本它经常被用于艺术和建筑领域。

最近，被人们用来表示将物质控制在最小限范围的生活方式和态度。

为什么要这么做，有很多的答案，其中之一，就是我说的，让人舒服的孤独感。

我们每天的生活，都是跟很多物质以及人在发生着关联，有时候会想屏蔽掉这一切。

会想与自己熟悉的人和物来个暂时的告别，选择一个人去登山、出海、旅行、自驾、打高尔夫等。

体会着一个人的清净和孤独。

如果将这份清净与孤独引入每天的日常生活中，就成了“minimalism”。

将自己喜爱的东西收起来，将家里的东西压缩到最少。

到那个时候，你的最小限主义就会萌芽了。

从克罗地亚回国后，我与佐佐木典士开设了 Minimal&ism 网站，志在将最小限主义贯彻到每天的日常生活中。

我们所主张的最小限主义，并不只是将物质舍去，还包括生活杂音、尘埃、人际关系，以至于家、国、金钱、空间等概念，几乎涵盖了一切范畴。

为什么我会觉得“小的”、“少的”物质环境让人舒服，而为什么普世价值观里，总是注重“大的”、“多的”状态呢?

真是个谜。

那些让你烦恼的诸多俗事，都可以从最小限主义中找到答案。

所谓的幸福论也不过如此。

“minimalism”这个词，还让我明白了，为什么 20 年前在冲绳的那段时光是那么幸福。

极简主义的理论虽然是从收拾房间这样具体的小事开始的，但没想到它会关联着幸福的理论。

也许，大多数日本人所向往的未来，都与最小限主义的方向不谋而合……我越来越这样认为。

希望通过这本书，能向人们传达以“小的”、

“少的”为核心的最小限主义价值观，并涉及生活的方方面面。

我想，对未来感到迷茫的日本人，应该通过发掘这种价值观的所有可能性，去寻求物质极度丰富的尽头该是什么。

符合我国国情的最小限主义精神，其实在每个日本人身上都有所体现。

这是祖先早就传给我们的，只不过由于一些原因，如今在很多人的心中沉睡了。

不妨翻开这本书，慢慢地、静静地，将你们心中沉睡的最小限主义唤醒。

CONTENTS

第二章 当幸福要素被不断简化，最后只剩下天空

最终章 我们身上自带的极简主义的DNA

第一章 用极简主义重新看待一切

用最小限主义的标准去重新衡量，
你的日常生活会发生彻底的改变。
甚至包括声响、尘埃，一切都被最小限化。

我叫沼畑直树。

1974 年生于札幌，今年 41 岁。
我是一家叫《圆桌杂志》(*Tablemagazines*) 的策划制作公司的负责人。
我平时的工作地点是在家里。
我有一位妻子和一个两岁的女儿。
我是制作写真集的摄影师，也是出版书籍的编辑。
我的家在东京吉祥寺。

000

收拾房间、扔掉东西，极简主义就离你很近了

第一次见到“空无一物的房间”

一座不大的平房，地处东京一等一的地段。

很大的院子里，只有一辆汽车停放着。

这么大一块地，完全可以建一座更大的两层独栋，却只建了这么一小座平房，看上去空落落的。

而且，屋子里只有一张床和一张书桌。

没有任何多余之物。

这是5年前的2011年初，就在东日本大地

震[1]的前两个月，我在某本杂志上看到了这样的一张德国文学研究者的家的照片。

每次翻开这篇文章，看到这张照片，内心都会感到特别祥和、宁静，

甚至还有一点点愉悦。

说不清为什么会这样。

这真是一座简朴到极限而又十分协调的房子啊。

当时，我还没听说过极简主义这样的概念，我想这就是我第一次接触到的极简主义吧。

再看看我的房子，我家是一个仅有 40 平方米的公寓房，客厅里总是摆放着各种东西，自己喜欢的杂志、书、CD 的书架……虽然想尽力收拾得干净利落，但总是差强人意。

于是，我准备向那个房子的主人学习，尝

① 即北京时间2011年3月11日的日本大地震。

试断舍离，开始扔东西，力求见到一个更加简洁的家，就在这个时候，东日本大地震发生了。

我家“遭难”的只有一个电水壶。

幸好家里的东西没有摞得很高，也没有高大的橱柜。

虽然没什么损失，但我决定放弃断舍离，像遭灾的很多人一样，决心要珍惜并保护好自己的财物，以应对这样的天灾。

渐渐地，各种碗碟又重新回到了厨房操作台下的柜子上，最下面还放了我的 CD 盒。

洗脸池附近的瓶瓶罐罐依然还在，只不过被我用一个藤编筐收纳起来了。

还有一个很好看但用不上的收纳柜也被留下来了。

从那之后过了很久，又开始下决心扔东西，垃圾袋装满了一袋又一袋，不假思索地扔之而后快。可是，过不了多久，书桌上、厨房里又不知不觉地堆满了东西。

工作用的工具、书本、文具，每天使用的小杂物、杂志……

似乎怎么努力，都不能像那位德国文学研究者的家一样干净整洁。

我开始怀疑，也许那是根本不可能实现的状态吧。

转机出现在东日本大地震两年后，就是2013年11月的某一天，妻子随口说了一句“真想扔掉一些东西”，这正合了我的心意，于是我们俩狠狠地扔掉了一大堆东西。

这是我们夫妻二人革命性的一次断舍离。

只是一味地扔东西，并不能让我满意

扔来扔去，还是会有很多东西要扔掉，似

乎永远扔不完。

一开始本着“只留下喜欢的东西”，后来“喜欢的东西也扔掉”，于是书、CD、照片、衣服等大量地从家里消失了。

“但凡眼睛看得见的地方都不要放东西”，我给自己定了这个目标，进行取舍。于是，厨房操作台上的碗碟被我强行地放到收纳架上；很多家具被我送了人；洗脸池四周的各种工具，被我收在了从无印良品买来的收纳盒里。

就这样，随着家里的东西越来越少，与日俱增的整洁、利索的感觉让人内心觉得舒服极了。另一方面，我也在不断地寻找一种说不清的感觉。

这种感觉一直牵引着我，它似乎与收拾屋子这件事有着一定的关系。

我周转于各个书店，想从杂志、书籍里面寻找答案。

如果锁定一些关键词的话，应该是“东京内移动生活”、“自由职业者”、“改变习惯”、“带上很少的行李去环游世界”这些词。

还有，成为新潮流的“第三波咖啡浪潮”（third wave of coffee）。

我感受到了未来的气息，一种新的生活方式在召唤我。

那是身体的自由以及不受固有观念束缚的思想的解放。

于是，我知道了极简主义、极简派人士这样的概念。

书本上所说的极简主义，不单是指整理、丢弃这样的行为，而是将物品精简到极限的一种生活态度。

当人们把整理房间与生活方式相联系时，就产生了新的概念。

在我忙于彻底地收拾房间的时候，有一个写真集的摄影工作需要我去克罗地亚，于是，我顾不了堆放在我房间的很多垃圾袋，就出国去了。

回国后，我把房间收拾完，就开始编辑写真集的介绍文字，并在文章中写下了我在克罗地亚采访中产生的极简主义的想法。

下雨天，在异国宾馆的房间里感受到的极简的氛围，和我整理好房间后一个人静静地喝上一杯咖啡的感觉很相像。

后来，我遇到了《我们已经不需要物品了》（*ぼくたちに、もうモノは必要ない*）的作者佐佐木典士，我们对于极简主义的认识非常一致，于是我俩组建了一个叫“Minimal & ism”的网站。

为什么我将网站取这个名字？因为我还没

有做到将物品精简到极限，佐佐木先生也仅限于将房间收拾干净的程度，所以我们是尚不够格的极简派人士。

不过，后来佐佐木先生将书、家具、电视都扔掉了，从一个初级的极简派人士过渡到了真正的极简派人士。

虽然我也丢弃了不少东西，但是家具还有不少，电视还在，书也有很多（包括个人喜爱的书和漫画 4 本、杂志 4 本、图鉴类的 4 本，以及一些英语书和工作用书），此外，还有很多收纳起来的东西。

在我们这个一家三口的小家里，只有 15 叠（1 叠为 1.6562 m^2）大小的客厅，被区分出了办公区和厨房，稍微疏于整理，就非常杂乱。

碗碟、菜刀、毛巾、脏衣服、儿童玩具、工作用书……一大堆。

将它们统统收拾好，让极简主义在我家生根，确实不是一件易事。

能轻易地做到彻底丢弃的家庭，说明本来收拾起来就不累。而像我家这样的三口之家，很多东西没那么容易丢弃。

即使这样，我还是没有松懈。每天，我都会认真思考如何收纳每一件被我拿出来使用的东西，力求将生活的各方面都极简一番。

通过日复一日的努力，我渐渐养成了保持极简的习惯，书桌上总是空无一物，我的家里也时刻能感受到极简主义的影子。

随着时间的推移，我的网站也愈发变成了探讨极简主义生活方式的平台，我还在上面的博客上发表文章，并通过写博客，明白了极简主义并不仅仅局限于扔掉多余的东西那么简单。

它其实与你所拥有的物品的量无关，而是启发你将生活的方方面面——行为、思想、生活方式都用最小限主义的标准来重新审视，这才是其真正的要义。

小到一个人的生活、行为，大到一个国家的行为，都可以用最小限的标准来衡量。

极简派人士就是将物品压缩到最小限的人，哪怕小一点、少一点都无妨。

所以，我们要自己尝试并找到最适合自己的大小、多少、方向，乃至生存方式。

正因为是自己选择的，所以无需与人比较，也不要批判别人的标准。

每个人的幸福观由自己决定。

就像极简派人士通过丢弃多余之物，在被精简后的空间里，生活得更加舒畅一样，这就是他们寻找的极简主义的价值。

在你开始极简主义生活之前，是难以想象其魅力的，我敢说，那是你从未体验过的一种美丽。

001

极简主义带来礼仪感

——关于声音的极简主义

当你想保持安静时，你的动作就会变得柔缓

当我用极简主义来处理生活的方方面面时，我发现音量也可以极简化。

音量是该大还是该小，不同场合有不同答案。

那么生活中的音量呢？

我在女儿睡午觉这件事上找到了答案。

我未满两岁的女儿每天都要睡午觉。

作为父母，当然希望孩子能睡得很沉、很香。

经验告诉我，只要关上卧室的门，关掉客厅的电视，少走动，保证客厅的声音不传到卧室，女儿最多能睡 3 个多小时。

如果一时疏忽，一般的生活杂音，就能打断女儿的午觉。

那么，正常的生活杂音有多大呢？

某次，当我把在客厅睡着的女儿抱到卧室时，才发现妻子在客厅走动的声音，收拾杂物的声音，开门、关门的声音，原来是如此嘈杂。

有一天，女儿在卧室睡午觉，

妻子还没下班，我在家忙我的工作。

为了让女儿能睡得香甜，我努力不发出任何声音。

在这样小心翼翼的克制中，我悟出了音量也可以奉行极简主义的道理。

平时在家里，走路的声音、拿出碗碟的声音、开水龙头洗涤的声音、收拾碗碟的声音……

几乎任何一件事都会发出声音。

我家的客厅与厨房是相通的，每天都要将餐桌上的碗筷收到水池里，接着洗刷，然后晾在滤水架上，再擦干，再重新收好。

这些动作每天都在重复，真的很嘈杂。

如果试着不产生杂音会怎样呢？

动作就不得不放缓。

首先，端着碗碟要轻轻地走。

就像平地挪步一样。

当然，我并不是说真的这样走，而是说要静悄悄地走。

下一步，是将碗碟放入水池里。

动作要轻柔，尽量不发出声音。

然后是洗涤、擦干、放入抽屉中。

连打开抽屉也要静悄悄地，所以，不能像平常一样猛地拉开，而要用另一只手同时按压住，以产生一点阻力，再打开。

这一连串的动作，虽然效率缓慢，但是做起来却很优美。

有一种礼仪感。

这样坚持一段时间后，再回看以前，会发现自己曾经走路也好，收拾屋子也罢，动作是那么的杂乱而粗糙，举止也非常马虎。

虽然我没有学习过日本传统的礼仪规范，但是这种尽量不发出声响的动作，却带给我一种很舒适的礼仪感，似乎自己也因此悟到了传统礼仪规范的根本宗旨。

总而言之，这能带给我一种清雅、庄严的感觉。

这样一来，女儿就能安宁地睡上3个小时的午觉，尽管她起床后，家里依然会变得嘈杂很多。

毕竟是孩子嘛，当然会吵闹一些。

是的，降低音量是人长大后才学会的。

习得一定的礼仪和约束，懂得适时地保持安静，才算是成年人。

但是，每个国家的国情也有差异。

比如，中国有些人成年后依然喜欢大声说话，拉丁系的国民也喜欢开朗奔放的感觉。

而在日本，学会控制音量和声响，可以算

是衡量成年人的标准。

日本人好静，我觉得这是一种成熟的文化。

比如电车内大家自觉保持安静，因为大家都是成年人了。

可能很多外国人很不习惯这种安静，但是日本人却处之泰然。

宁静是日本人在将来也会一直追求的，也是日本流传下来的一种传统礼仪和风范。

在干净整洁的房间里，静静地喝一杯咖啡。

这样的日常小事，我也同样力求安静。

动作放慢了，声音自然就非常微弱。

这不但不让我觉得麻烦，反而让我觉得内心很充实。

哪怕只是简单地泡一杯咖啡，只要放慢动作，降低音响，就能让人觉得整个空间都跟着静谧而安宁起来。

不过，如果每天都这样的话，似乎不太现实。

常常一忙起来就忘记了。

这就像是一种修行，只有当它与你如影随形时，你的举止才会变得优美起来。

002

厨房常常保持干净

——关于收纳的极简主义

每次做饭后，厨房都很乱

我家是一个三口之家。

妻子从事动漫相关的工作，总是早出晚归很忙碌。

我经营着自己的公司，工作基本在家完成。

所以，接送孩子的任务就交给了我，晚饭也大多是我做。

连全家人的衣服也基本是我洗。

如果一天三顿饭都在家做的话，厨房里肯

定随时都堆着东西。

不是各种炊具，就是还没洗或洗完在晾着的锅碗瓢盆……

因为每天要使用三次，所以厨房不可能整洁到眼前不置一物。

这是朝九晚五上班的人理解不了的。

如果你早上出门的时候，厨房干净整洁，晚上下班回来，厨房依然干净整洁，那说明你的妻子非常勤劳，在你看不见的时候，她付出了相当多的劳动。

洗菜、做饭、洗碗、擦拭、打扫……这些工作每天至少要重复两轮，如果只是坚持一天，那很容易，如果每天如此，就非常辛苦。

不要因为你早上出门和晚上回来，厨房总是那个样子，就忽视了这期间你的另一半所做的一大堆家务。如果不是一丝不苟打扫厨房，就无法保持你每天早上出门时看到的那样干净、整洁。

决定断舍离而把东西扔掉，与每天把厨房打扫得干干净净，这两件事有着根本的区别。

为了断舍离而丢东西，是有尽头的。而厨房的家务是没有尽头的。

厨房的家务每天都围绕着洗菜、切菜、做菜、洗涤、打扫这样的循环在进行。

当然了，那些不做饭的极简派人士另当别论，而我是每天都要到厨房做饭的，所以厨房总要被一遍遍地弄脏。

如果你是单身人士，每天只做一顿晚饭的话，厨房的家务就会轻松很多。但是，如果是小两口或三口之家，每天做三顿饭的话，每天都会有很多餐具被从厨房与餐桌之间端来端去。

还有一点，当我们洗完碗之后，一般会放到滤水筐里。

然后等它自然晾干。

但是，在你等待的时间里，就意味着厨房还没有彻底收拾好。

这样拖泥带水，到底什么时候才能让厨房变得利落而眼前不置一物呢?

恐怕永远没有这么一天。

为了让洗好的碗干得更快一些，我会在滤水筐旁边放一块干布，碗在筐里滤完水后，直接放到布上。

这样很快就干了。

虽然这么说，其实更多的时候，我是直接

拿一块毛巾把它们擦干。

然后迅速收起来。

因为只要有东西没收好，厨房就总会有凌乱感。

将厨房里每顿饭带来的家务做完，其实很费时间，更别说一天要做三轮了，真是非常劳累。

真让人想偷懒。

有时候收拾得实在太累了，我就把这个当成一种修行。

当我看到整洁得眼前不置一物的厨房时，仿佛自己的心灵都变得纯净了。

用热水洗得更快

一个干净得没有多余物品的厨房，看上去就像样板房。

令人神清气爽。

人们常说，看一个人的厨房就能知道他饭做得好不好。我想，看我们家的厨房，别人会认为我们家平时不做饭。

另外，洗碗洗多了，我的手会变得非常干燥。

所以，最近妻子经常帮我洗，其实她的工作比我忙多了。

我以为手变干燥的原因，是因为热水带走了我皮肤的油脂造成的，后来发现不是的。

因为听说用热水就可以洗掉餐具上的油腻，所以只要不是特别油，我就不用海绵和洗洁精，只用热水冲洗。

结果，我发现即使我频繁地洗碗，手也不会干燥了。

而且，比起用海绵和洗洁精，只用热水的

方式更加简单迅速。

于是，除了顽固的污迹我会用海绵擦洗外，其他的基本只用热水冲一冲。

也许这样洗不算百分百的卫生，但毕竟只要吃完就立刻洗，应该没有滋生什么细菌。

最重要的是，我再也不会觉得洗碗是件麻烦事了。

有一天，有十几个朋友一起来我家做客，大家围在厨房的吧台边喝酒、聊天。

那一晚大家都玩得很开心，我一直在忙着洗洗刷刷。

不过，我丝毫不觉得累，因为为朋友们提供一个干净整洁的环境，这才是我的待客之道，我甚至很享受呢。

每个家庭，热心待客的背后，都是一堆洗

洗刷刷的活儿。

如果主人能高效地处理的话，于主于客都很轻松。

003

养成好习惯

——关于灰尘的极简主义

灰尘每天都在堆积

我对灰尘过敏，一直在通过药物控制。

在我的学生时代，有一次，学校组织课外活动，安排我们在一个灰尘很严重的地方住宿，结果我的鼻涕一直不停地流。

尽管如此，我对自己房间的灰尘反而总是不在乎。

我比较依赖吸尘器，但是我妻子喜欢自己抹地板。

每当看到她辛苦地抹地板，我都在想：用吸尘器不是挺好的嘛，干吗非要这么累啊？

只有像年底大扫除这种时候，我才会认真地用抹布好好地擦拭家里的灰尘。

包括冰箱的上面、窗户边框、电视机背后……

抹布很快就变得乌黑，真想直接扔了。

碰都不想碰一下。

真是不喜欢擦灰这件事，非常不喜欢。

这样讨厌灰尘的我，居然革命性地开始每天擦地板。

从博客的记录来看，应该是从 2015 年 3 月开始。

我在博客里思考了关于习惯这件事。

把每天要做的事情决定下来。

然后严格地遵守，不犹豫到底要不要做，只是按照习惯将必做的事情做完。

这其中就包括抹地板这件事。

也许我是从和尚每天清扫寺庙这件事得到启发的吧。

总之，我真的开始每天抹地板了。

一开始，抹布很快就脏了。

很恶心。

然后赶紧用水冲干净。

拧干，

继续擦。

这对我绝不是什么享受。

但是，我用修行的心态来对待，似乎这样

“自虐”的感觉也不坏。

第二天，又擦了一遍。

抹布一点都不脏。

于是，革命性的转变就此产生。

原来每天擦，抹布就不会脏了。

这是广大的家庭主妇们早就明白的道理。

而我活了四十年才恍然大悟。

以前，我觉得只要把灰尘擦掉就可以了。

擦完了，看着变得更加干净的家，会很有成就感。

而且，今天擦干净了，可以保持到明天，这样明天就不用擦了，很开心。

这么想就错了。

完全错了。

应该无论有没有灰尘，

都要坚持每天擦。

这样抹布就永远不会脏。

于是，我开始扩大每天固定打扫的范围。

比如积满灰尘的冰箱顶部、窗户边框、灯罩、电视机后面……

这些我曾很讨厌的地方，我以每天增加一处的节奏，将它们纳入每天打扫的范围。

刚开始，抹布总是脏的，从某一天开始，抹布就一直是干净的。

前一天擦过的地方，第二天会继续擦，所以，就接触不到灰尘，也就完全没有擦灰尘的感觉。

就这样，我成功地将灰尘也纳入了极简主义的范畴。

用抹布擦地板的好处

用抹布抹地板的习惯，虽然是很久以前人们住在木质结构的房子里养成的习惯，却有着现代工业文明诞生的吸尘器所不能及的优点。

吸尘器虽然可以把灰尘吸进去，但同时，也很容易把灰尘扬起来。

所以，空气中残留的部分灰尘、螨虫的粪便、花粉、霉菌等，第二天又会回到你家的地板上。

当然，先用抹布擦一遍，再用吸尘器吸一遍，效果一定很好，可这样又不太现实。

如果就直接用抹布抹地板的话会怎样？

首先，先擦第一遍后，用水冲掉污垢，然

后拧干。

污垢就直接流到下水道了。

不会飘到空中。

然后再擦，地板很快就变得干净而光滑，

不会有灰尘粘在脚底。

与吸尘器不同，抹布越擦灰尘越少。

家里总体的灰尘量在不断减少。

所以，只要每天擦，很快就变干净了，工作量并不大。

通过每天与灰尘的“战斗”，我努力将家里的灰尘减到最少，减到极限。

同时，养成了每天用抹布抹地板的习惯后，我的心里也变得很踏实。

降低噪声、完美收纳、擦拭灰尘。

任何一件事，都是彻底做好一次之后，很难继续坚持下去的。

也很讨厌被别人命令去做。

只有自己愿意做，有主观积极性，才能坚持下去。

通过轻柔的动作，降低了生活噪声，身边的人很快就能发觉你的变化。

生活在没有什么杂物的房间里，一定比你泡在喜欢的咖啡店里舒服。

每天擦拭灰尘，不仅能将你的心爱之物保持光鲜，还能得到更多的语言难以形容的满足和充实。

004

从各国食谱回归和食

——关于饮食的极简主义

每天只吃三明治的老奶奶

如果没有什么特殊情况的话，我尽量选择吃和食（日本菜）。

虽然不是非常严格，但基本都是和食。

我曾经尝试过各种饮食方法，比如健康饮食法、减肥饮食法。

还有长寿饮食法（Macrobiotic）、低糖饮食法、按序饮食法……

大约7年前，我通过长寿饮食法，瘦了7公斤。

因为我将长寿饮食法中建议的糙米的量减少了，所以瘦得很快。

但是，每一种方法都很难坚持。

一般坚持一年左右，就又回到原来的饮食方式。

后来，为了减少碳水化合物的摄入，我开始不吃米饭。

意大利面配日本家常菜、面包配汤、寿司配泰国菜……

这是我一天的菜谱。

一日三餐，涉及了很多国家的菜。

有一天，我突然意识到，这样下去我的胃会受不了。

这些跨越千山万水、汇总到一起的食材，听上去五彩缤纷，但是我的肠胃要完全消化这些食材以及各种香料和调料，一定非常辛苦。

所以，我决定，首先将每天的晚饭定为纯粹的和食。

并不是出于健康或减肥的原因，只是想让我的饮食种类先锁定一个国家。

好让我的肠胃休息一下。

生活在地中海的人，一日三餐基本都是地中海的菜肴。我经常去的克罗地亚就是如此，能吃到外国菜的餐厅还是很少的，要是去乡下就更是凤毛麟角了。

中国人的饮食也是基本以中国菜为主。10年前我去上海的时候，还是上海本地菜的餐厅居多，近些年，明显呈现出各国、各地方菜系繁花似锦的派头。

在英国伦敦，也可以吃到各国菜肴，但是，有一部分英国人，似乎只吃三明治。

关于三明治，我想起一件关于我朋友的趣事。

他在英国留学期间，房东太太每天都提供三餐。

但是，房东太太吃的菜和他的完全不一样。

她只吃金枪鱼三明治。

一天三顿几乎都是金枪鱼三明治。

这件事似乎的确印证了“英国人不爱美食”的印象。

我曾经也在某篇文章里看到“伦敦的人不喜欢到外面吃饭，午餐基本都是拿个三明治坐在公园长椅上吃……”

那篇文章还讨论了为什么巴黎的饮食文化

那么丰富多彩，而伦敦的饮食是那么单一，让我对英国饮食留下了负面的印象。

那位英国房东太太的事情更印证了这一点，然而，当我决定精简自己的餐饮种类时，我突然不再嘲笑那位老太太了。

而是觉得“这单调的食物一定对老太太的胃很有好处吧”。

和大家一样，我偶尔也会觉得肠胃不舒服，不知道那位房东太太是不是也会这样。

在我的想象里，她的肠胃乃至整个身体都与金枪鱼三明治融为一体了吧。

哪怕是一点点的其他的味道，都会觉得很好吃，很新鲜。

毕竟，她的胃每天只等着消化同样的食物成分。

连消耗的热量也相差无几。

当然，我再怎么精简，也不会像英国老太太那样单调，不会只吃纳豆和米饭的。我还偶尔吃外国菜呢。

我主要是以纳豆、米饭、煎鱼、煮鸡蛋、酱油腌大葱等家常菜为主。

夏天还会做一些可口的凉汤，非常健康。

下午的时候，将海带提前用水泡好，米也用水泡好。晚上做个味噌汤，配上米饭、鱼，可口又健康。

再用心摆盘一下，就像餐厅的怀石料理一样精致。

虽然没有信心坚持下去，但只吃和食的想法本身，却很脱俗。

为简朴的饮食赋予价值

日本人将安于朴实、清淡的饮食视作美德，

因此形成了和食的体系。

有一个关于京都百年和服品牌“杉本家”的故事我很喜欢。

虽然这个家族通过做和服生意，挣来了巨大的财富，但在饮食上，却坚持“外食不养生”的家训，只吃一些茶水焖饭、味噌汤、新腌的咸菜这样简朴至极的饭菜。

一边是华美无比的和服，一边是朴实无华的饮食。

这个故事真是耐人寻味啊，应该不止我一个人这么觉得吧。

“二战”以后，随着战后经济的复苏，日本人的餐桌也渐渐丰盛起来。

食材种类日益丰富，且国外的饮食文化也逐渐盛行，越来越丰盛的晚餐是国人逐渐富裕的象征。

连晚餐都没什么油水的家庭，会被认为是穷人。

而晚餐里没有一两道外国菜的话，会被视作落伍、老土。

就这样，日本国民的餐桌一步步地进化到了今天的水平。

将晚餐做得如何丰盛、豪华，似乎是每个主妇的一件大事。

虽然对那个时代心怀敬意，但我还是希望自己的餐桌能回到清贫的水准。

一碗白米饭、一碗多放些料的味噌汤，就让我心满意足了。

在如今这个时代，还有谁会笑话我家穷，吃不起饭呢？

我想，将来人们会认可“每顿饭的菜谱

只限定在某一国料理的范围内，哪怕少一点也无妨”。

在未来的地球村里，也许人们在任何地方，都可以吃到任何国家的料理吧。

但是，如此的便捷，也会给未来的人类带来健康上的问题。

同样，相对于战争年代的人，我们也是未来的人，我们饮食的丰盛程度也是他们所遥想过的，我们过着可以随便吃外国菜、粮食永远吃不完、绝不会饿肚子的生活。

但是，人们还没有就此止步的意思，
还在追求更美味、更多量。

什么时候才会有人发出“吃少一点就行了”、“晚餐简单一点，不要太丰盛”的声音呢？

让餐桌上的菜肴不要太国际化，可能确实很难。

但是，坚持吃自己国家的饭菜，应该能解决很多问题吧。

减少食物的种类和量，以实现饮食方式的极简主义，这样的努力我才刚刚开始，我希望自己能坚持执行下去。

005

将来还需要辛苦挣钱吗？

——关于金钱的极简主义

小一点，少一点，不行吗？

一说到钱，人就很难变得理性。

当我们一看到经济效益这样的字眼，就会下意识地觉得这是正确的，只要听到经济增长形势良好的消息，就会觉得一切太平。

其实，日本在经济领域已经被中国超越了，而且差距正在越拉越大，只是很少有人愿意承认这一点。

每次看新闻类节目，听到评论员说“这个

很利于经济发展”，我就像吃了定心丸一样。

然而，让我们把复杂的经济理论先放一边。

这个物质文明高度发展的时代，到底还要进步到什么程度呢？

为什么挣的钱非要越来越多？

和去年一样多，不行吗？

一个国家的经济形势也好，一个公司的经营状况也好，如果比去年更好，人们就会使用增长率这样的字眼。

但是，把目标定得小一点、少一点、平稳一点，不行吗？

可能我问的问题太幼稚，但这确实是我心中的疑惑。

为什么一定要让经济不断增长呢？

我想，是因为人们更喜欢“大”，相对于“小”，“大”就是正面的、积极的、肯定的。

拿汽车来举例，排放量越大，就意味着车越高档。

即使有小汽车比大汽车更加获得肯定的情况，那也大多是因为大汽车太过张扬了。

2015年，马自达汽车公司推出了第四代MX-5敞篷跑车。

该公司的这一款跑车，采用独家的低燃耗技术，大幅减轻了车重，赢得了世界范围内的认可。

MX-5的发动机排量从上一代的2L降到了1.5L。

我试驾了这款跑车之后，觉得还是自己的车更好。

我的车是马自达公司在2014年推出的DEMIO燃油型汽车，发动机排量只有1.3L。

马自达MX-5也是燃油型的，从某种程度上来说，两种车开起来的感觉都差不多。当然，我也不能免俗，也喜欢大车，知道1.5L的车应该比我那1.3L的车更好。而且，发动机排量越大，音响效果一定越好，开起来也越享受。

但是，真正地试驾了之后，还是隐约地觉得自己的车更舒服。

可能我的想法会遭到大家的一致反对，但仅作为一般在马路上开的汽车的话，真的没有什么高低之分。

反正，没有让我觉得，与我那个1.3L排量的车有天壤之别。

那时，我就在想，不知道马自达公司当初有没有想过，将 MX-5 的发动机排量设计成 1.3L。

然而，跟我的愿望完全相反。由于在美国市场推出的 MX-5 的发动机排量是 2.0L，所以消费者纷纷呼吁，日本市场的也要 2.0L。

显然，马自达公司不会考虑 1.3L 的，因为消费者一定觉得太小了。

其实，都是人们太相信宣传了。

如果假定 1.3L 的轻量车的驾驶感受也一样很舒服的话，那么理直气壮地宣称“1.3L 的 MX-5 是有史以来驾驶感受最棒的车”的话，1.3L 的小排量反而就会变成它的优点。

就算大家都认为 2.0L 排量的车很好，但坦然地提出 1.3L 排量的设计也符合 MX-5 的理念，也未尝不可啊。

然而，想要说服人们接受“小”的车，需要下大功夫。

欧洲市场上的各大汽车品牌，已经将小型化（downsizing）的理念融于品牌战略中，不断地推出小排量的汽车。

然而，这主要是出于省油环保的想法，并不是为了享受驾驶。

但是，排量只有 0.9L 的菲亚特熊猫（Panda）车型也非常舒服，1.0L 的福特的嘉年华（FIESTA）的口碑也很好。

“发动机排量很小，但是驾驶感受也毫不逊色”，直接这样宣传的话，我想，汽车的价值也会跟着上去。

经济发展也是同样的道理。

如果领导者不能底气十足地说出“保持小的经济规模，就是我们的策略”，就永远逃脱不了持续增长的魔咒。

“我觉得房子小一点挺好的。”

“我的公司不需要每年利润达到几千万。”

“我的帐篷选的是最小的，因为我想要轻便一些。”

如果没有自己的立场，就会被“那家的房子好小啊，我们不会买这么小的房子”、“那家公司一点都不赚钱，迟早要倒闭吧”、“那个帐篷怎么那么寒酸啊”这样的流言所伤。

极简派人士摆出了“用小的东西就挺好”

的姿态，所以安心于自己的选择。

如果你并不是真心地愿意用小的，只是囊中羞涩，才不得已而选择，那么自然心有不甘。

如果一家小店的店主，认为一年赚到200万日元就够了，那么他就安心地过着200万日元所应该有的生活，这就是自得其乐的人生。

然而，如果野心很大，却只能挣到200万日元，就比较悲哀了。

那么，我们日本又怎样呢？

我们有没有一种“这样的发展水平就很好了”的心态呢？

经济水平也好，人口数量也好，电力、税收也罢，一个国家需要权衡的“大”和“小”还有很多很多。

日本是发达国家，经济发展水平也处于世界前列，所以，将现有水平不断提高的想法，无可厚非。

但是放眼世界，不少国家相较于经济发展水平，政治策略更加转向于国民的幸福度。

他们认为，“人口规模就保持现状，为了能让更多的人从长时间的劳动中解脱出来，过得更加幸福，经济规模不需要提升了。”

比如，英国将国民的幸福度纳入政治指标；德国开始了增加休假时间、提高工作效率的改革。

而我们日本，难道不应该在发展到某个阶段时停下来，去充实经济规模背后的国民生活吗？

006

变成一个没有标签的自己

——关于个性的极简主义

扔掉心爱之物之后……

思考极简主义至今最大的收获，就是让我发现自己变成了一个没有“标签”的人。

2013年11月，我扔了大量的东西，这一次，我取舍的标准与以前不一样。

在此之前，那些曾经让我心动的东西我一般不会扔，比如以前拍的照片。毕竟不是数码相机拍的，没有备份，所以这些洗出来的照片，一旦扔了就再也没有了。

但这一次，我却把它们扔掉了。

都是一些也许今后再也不会见到的朋友的照片。

现在想想，当初把它们扫描下来就好了。就这么丢弃了。

这些都是我逝去的青春的见证，之前一直没有舍得丢掉。

经过艰难的决定之后，还是把它们扔掉了。

就像是一场伤感的告别。但是，扔了之后，整个人轻松了不少。

扔掉东西之后会有一种成就感。

一直以来我追求的是什么？

不就是这种畅快的感觉嘛。

然而，照片被丢弃了，我和朋友们的回忆并没有被丢弃。

既然如此，我曾经心爱的书、CD 都可以扔掉。

还有其他的影集也可以扔掉。

我曾犹豫过："我把这些都扔掉了，我又算是怎样的一个摄影师呢，别人无从了解我，我也无法向别人介绍自己了。"

但最终我还是扔掉了。

那一刻，我突然明白了，我不如就做一个没什么特点也没什么标签的人。

于是，我释怀了。

心爱之物决定了我们今天的样子

我读过的书、看过的电影、听过的音乐，就像我的精神世界的全副武装，陪伴我一直走到今天。

在我小学五年级的时候，第一次迷上了西洋音乐。

身边的朋友里，我是第一个接触西洋乐的，所以我很自豪。

虽然当时我很引以为傲，尤其是我听的重摇滚，但今天看来很无趣。

由于当时和身边的人听的音乐不一样，我常常有一种优越感，觉得自己曲高和寡。

小学时代，我常听的是一支日本摇滚乐队（BARBEE BOYS）的歌，等我上了初中，这支乐队才走红，于是，我就骄傲地想："怎么你们还在听这个歌？真老土。"

现在想想，真想抽自己一下。

到了高中时代，这个差距就更大了。

当时我很喜欢读《月亮和六便士》和《简·爱》这两本书。

《月亮和六便士》的作者毛姆在书里描写了

一个叫思特里克兰德的画家主人公的一生，可能是因为配了插画的原因，这本书很让我着迷。很长一段时间里，每当别人问我最喜欢的书是哪一本时，我都毫不犹豫地说是《月亮和六便士》。

现在想想，真想抽自己一下。

说到音乐，我当时最喜欢听的是大卫·鲍伊的《陨落星尘》(*The Rise and Fall of Ziggy Stardust and the Spiders from Mars*）专辑，以及埃尔顿·约翰的《神奇队长》(*Captain Fantastic*）专辑。虽然身处20世纪90年代，但我听的这两张专辑都是20世纪70年代的，实在是爱不释手。而身边喜欢听日本流行乐的朋友，被我完全不屑一顾。

此外，当时喜欢看的电视节目叫《时尚通信》，喜欢看的杂志是《流行通信》、《花椿》这样的女性杂志。

还有什么通信类的杂志。

现在想想，真想抽自己一下。

但是，对于立志当个画家的我来说，我有什么样的审美、什么样的天赋，平时看的、听的、接触的艺术类信息，都非常重要。

我也的确很注重艺术情操的培养。

然而，这些曾经填满了我精神世界的东西，在某个初冬里，被我全部扔掉了。

在我和佐佐木先生共同组建了 Minimal & ism 网站之后，两个人一起吃了一顿饭。

我们聊起了扔东西这件事，他和我一样，觉得这是一种心理上的放松，聊得非常投机。

扔掉旧物，就像冲破了一层厚厚的壳一样，有一种难以言喻的快感。

随之而来的，就是自己不属于任何一种人，没有任何标签的神清气爽的感觉。

007

未来的住宅将更小、更便宜

——关于住宅的极简主义

从 3400 万日元的豪宅，到 2100 万日元的住宅

正如很多极简派人士主张将来住在汽车里一样，未来的住宅也有了更多的选择。

人们对于未来住宅的想法正在一点一点地变成现实，其中，“很小的家”正在日益市场化。

在我 33 岁那年，我在东京吉祥寺一带买了一套二手公寓住宅。

只有 40 平米的房子，住着一家三口，确实

有些狭窄。房子花了 2100 万日元，重新装修的费用花了 400 万日元。

这个价格在东京是很便宜的。

其实，在我买这套房子的前一年，我在东京品川也买过一套高层公寓的期房。

大小是 65 平方米，收纳空间非常充足。

准备两年后交房了就搬过去住。

就这样，我一边盼着早些交房，一边忍不住想象如何布置我的新房，乐在其中。

突然有一天，妻子对我说，“我还是不喜欢这个新公寓，周围空荡荡的，什么都没有。”

这完全出乎我的意料。

当然，我们为此纠结了很久，最后我们决定买二手房。

其实，一开始我就觉得二手房不错，是妻

子提出要买新房的。

虽然新房需要忍受焦灼的等待，但我们还是在品川海边填埋出的一块地上，很多破土动工的新房中，选了一套总价 3400 万日元的房子。

这样一来，新房的定金的一半就拿不回来了。

后来我在网上开始看房源，一开始设定的是最低 3000 万日元的房源。

后来，完全出于好奇心，我想看看最低 2500 万日元、2000 万日元有什么样的房子。

结果，我像来到了一个全新的世界一样，发现了很多房源。

细算一下，如果买 2500 万日元的，贷款就会轻松很多；如果买 2000 万日元的，日子就一下子宽裕起来。

于是，我在一大堆价格偏低的二手公寓

房里，轻松地尽情挑选，最后选中了现在住的房子。

这栋房子位于妻子以前居住过的吉祥寺的繁华商业街上，拐角的房间有朝东、朝南两扇窗户。

重新装修之前，房子很旧，但当初我们一眼就看中了。

最大的问题是太狭窄了。

刚买房的时候，只有我跟妻子两人，有了孩子之后，会很狭窄。

客观上说，一般的日本人都会觉得这 40 平方米的面积对于一家三口而言，实在不够用。

但我却不担心。

在做编辑的时候，我曾策划过一个《小家也可以过得很好》的专题，所以受益于当时的信息积累，我比较乐观。

小房子也有很多优点

首先，比较俗的一点是，房子小，所以房产税就比较少。

我家房子的税只有 6 万—8 万日元左右，非常便宜。

如果是同一地段的独栋别墅，则要 15 万日元以上。

其次，小房子更温暖。

房子太大了，总会觉得有点恐怖。

对面的房间、楼上的房间里有人都未必察觉。

而且，也不利于防盗。

还有，小房子打扫起来会非常轻松。

尤其是我习惯了亲手擦拭打扫之后，更加觉得还是小房子好。

通过打扫房间，能让自己获得充实的感觉，所以我也不愿意让别人帮我打扫。既然如此，自己力所能及的范围当然越小越好。

此外，住在小房子里，家人的关系会更加融洽。

就算吵架了，也没有足够的空间可以躲，抬头不见低头见，很快就化解干戈了。

但是，儿童房就实现不了了。

其实，我觉得儿童房也可以不要。

可能很多人会觉得这样肯定不行。

但是，这个家说到底是父母的家。

家里的规则也好、装修也好，都是父母说了算。

以后实在有需要的话，我和妻子的卧室也可以改作儿童房，这也是一种备案，但我觉得，孩子可以在客厅学习，如果我需要自己的独立空间的话，可以支一个帐篷。

我记得以前读过一本关于犯罪与房屋户型的关系的书。

书里说，独栋的别墅，往往进了玄关就有楼梯，要去二楼的儿童房的话，不用经过客厅。

这种户型，曾一度成为日本犯罪的温床。

我是在公寓住宅里长大，玄关的左手边就是我的房间，客厅在相反的另一侧。

由于远离客厅，我在自己的房间里为所欲为，一定程度上逃开了父母的管制。

虽然和父母住得太近，会让孩子觉得腻烦，

但是住在小房子里，亲子之间不得不经常照面，也未必是坏事。

我为什么决定购买 2100 万日元的房子

我 29 岁那年，有了想买房子的念头。

那一年我刚结婚。

当时我所工作的编辑部的主编对买房子的信息了如指掌，而且我自己在采访中也获得了很多相关资料，所以为了能早些还完贷款，我想早些买房。

如果能在 30 岁前买房，选择 30 年贷款的话，我在退休前就能把贷款还完。

当时我租的房子的房租是每个月 14 万日元，所以综合各方面生活成本，每个月房贷 12 万日元我还是可以接受的。

然而，身边很多人都说我现在买房太早了，最终，我 32 岁才买房，就是品川的那栋期房。

所以，如果我不提前把房贷还掉，就不能在退休前脱离房奴的身份了。

其实，我买的那栋3400万日元的高层期房，是比较便宜的价位。

当时，新房的市场售价是4000万—6000万日元，售楼处的人用娴熟的推销技巧游说我说，“按您的收入，6000万日元的房价您是完全承受得起的”。

可是，在东京不管你工资是多少，6000万日元的房价始终是个不小的负担。

一边是沉重的贷款，一边是梦想中的家。

我觉得自己像芸芸众生一样，被房地产商的买大房子的鼓吹之词吞没了。

正如我前面所说的，我最终买的是吉祥寺一带2100万日元的房子。

除去现金支付的装修费，剩下的杂七杂八

的费用加起来，总额是 2200 万日元的贷款，每个月还贷不足 10 万日元。

相对于 6000 万日元的贷款，真的是无比轻松。

内心也获得了很大的解脱。

实际上，我提前还了部分房贷，利息也少了不少，几乎不成为负担。

剩下的部分，就算不提前还贷，到 55 岁也完全可以还清。

想要在东京买到 2000 万日元、适合一家三口住的新房，几乎是不可能的。但只要转变思路，选择便宜的二手房，不仅还贷压力小，还能省不少钱。

如果大家都能放弃买天价的新房，而选择自己可以接受的便宜一点的房子，那么东京就会少很多辛苦的房奴。

如果我们从“居住的房子就该花大价钱”的牛角尖里挣脱出来，到乡下买块地，加上一部车、一个帐篷也是一个家；改造一间小屋子也可以是一个家；或者，可移动的房屋也是一个家。

如果家当很少的话，这样的小家也可以生活得很快乐。

目前，世界上有很多400万日元（除去土地费用）以内、30平方米左右的可移动房屋被推向了市场，在日本也广受关注。

现在日本还出现了售价250万日元的14平方米的房子，选择空间越来越大了。

这样一来，花700万日元也许就可以买一个家。

比如，在东京，有很多没人住的空房子，

简单地改造一下也是不错的房源。

比如，提高了防火、防震性能的，简单改造的像集装箱一样的房子。

比如，免去一切装饰、只注重采光的房子。

我相信，未来的人们即使买了房子，也不用再承担昂贵的房贷。

008

该由父母还是孩子来收拾房间？

——如何教给孩子极简主义

如何告诉孩子理智消费

我的网站上，曾收到一条留言说：“我想带着女儿一起断舍离。”

正好那段时间，我在考虑该如何教给孩子收拾房间的方法。

我想，只要父母将房间收拾得干干净净，本身就对孩子影响很大。

此外，家里的东西保持少量的话，孩子就

会明白，生活不需要那么些物品。

我想这是很值得肯定的。

我记得在我小时候，我父母家的东西也比较少，家里总是被收拾得很干净。

也许是受父母的影响，在我初一那年，我把自己的房间打扫得干干净净后，打开自己喜欢的音乐，顿时觉得特别地惬意，这个瞬间让我记忆犹新。

我的女儿才两岁，现在教她学会收拾房间还为时尚早。

但最终收拾房间的，肯定还是父母自己。

正如我前面所言，这里首先是父母的家。

父母与孩子在一起生活，为了保持井井有条的生活，靠每个人负责自己的物品是完全不可行的。

对于喜欢将所有东西都收纳起来的人来说，最好还是亲力亲为地收拾吧。

因为就算孩子会自己收拾，最终还得父母自己收拾一遍。

在我曾就职的一家公司，有一天早上开晨会，正好另一家公司的老板也在场，他说了一句话，我印象深刻："如果一家公司的员工对地上的垃圾视而不见，那这家公司迟早要完蛋。"

即使不是自己丢的垃圾，也要主动捡起来。

日本人视其为美德。

关于儿童玩具的极简主义

舍不得丢弃物品，你的家里终将全是杂物。

为什么会舍不得丢掉，简而言之，就是因为内心的不安。

“也许什么时候还会用到”；“如果扔掉，以后需要的时候会不方便”；“这本书很重要，帮我找到了自己。”……

所有的原因，都是因为你对未来心存不安。

可是，这种不安能打消吗？造成每个人不安的原因比较复杂，所以很难下定论。

话虽如此，但不管一个人如何强调“自己做不到断舍离”，如果把他扔到一个空屋子里，他就完全活不下去了吗？也不至于吧。

女儿的玩具，被我放在一个小筐里。

每次她从里面拿出来玩耍之后，我都会让她放回去。

如果她没有放进去，我会帮她收好。

这个玩具筐平时被我收在一个柜子里，每次要玩时，女儿就会说：“爸爸帮我拿。”

后来，有一次这个玩具筐被我放到了卧室

书架上仅剩的几本书。
还有一些英语书、世界史、星球图鉴等放在别处

里，女儿就完全把玩具忘记了。

没有玩具，她也照样过。

过了很久，这些失宠的玩具又冒出来了，后来，被我扔掉了其中一部分。

要是女儿知道了，一定会哇哇大哭吧。

以前，住在冲绳的时候，我最喜欢的漫画落在了老家札幌，后来被妈妈擅自扔掉了。

当时，我非常非常生气，但今天看来，却不值一提。

那怒火也只是一瞬间而已。

009

少一些新鲜，会有别样幸福

——关于新鲜感的极简主义

新鲜的刺激太多，人还能生活下去吗？

领悟出了将家里灰尘极简化的方法之后，带给我的变化之一，就是某一天如果没有打扫，那将非常难熬。

2015年6月，我去克罗地亚出差了两周时间。

回国后，因为时差原因，非常疲劳。

早上也很难起床。

就算勉强起床了，也会觉得全身无力，更没有力气打扫卫生了。

就这样，回国后我在疲劳中度过了好几天。

在国外过得太开心了，代价就是，回日本后，整个人有些缓不过来，甚至有些郁郁寡欢了。

也许，你也有过和我一样的感受吧。

去克罗地亚之前，我在日本过着规律的生活。

很多习惯也被我很好地遵守，生活的新鲜度被降到了最小化。

但，一去克罗地亚就完全不一样了。

每次去那里拍摄，都非常开心。

美丽的风景、可口的食物、热情的异乡人……

每天都有很多新鲜的事情等着你。

还有很多突发状况，以及意想不到的惊喜，让人应接不暇。

接受了这么多新鲜经历之后，突然回到日

本，就像电视突然换台一样，让人难以适应。

我想，每次回国后变得郁闷的原因，正是对这种新鲜感的依赖造成的。

然而，这一次不一样。

我想念那种安静的日常生活。

想要回到每天都安稳、有规律、平淡如水的日子。

回国后的第二天，虽然很疲劳，还得勉强爬起来，开车出去。

因为要送女儿去托儿所。

走到停车场，看到自己久违的爱车。

那是我最喜爱的靛蓝色，一看到它我的心情立刻就愉悦起来。

手握方向盘，

把身体陷在柔软的皮革座椅里。

行驶在熟悉的道路上，眺望着两旁熟悉的大树。

内心非常地安宁。

好像一下子回到了出国前的状态。

就这样，我以前那种四平八稳、按部就班的生活习惯被再次激活了，真是美妙的一天。

哪怕只是接送孩子这样的小事，都让我体会到了平稳的生活节奏所带来的亲切和温暖。

遵循自己的习惯，就会得到安稳的生活节奏

所谓习惯，就是没有新鲜的刺激感。

也许对于年轻人来说，千篇一律、固定的生活习惯会觉得非常乏味。

但是，如果摒弃大量的对新鲜感的追求之后，只要持续保持固定的生活节奏和内容，再有新鲜事情发生时，你就能感受到安定平稳的

生活是多么幸福。

安稳和新鲜像一对宿敌，安稳的生活，讨厌被太多的新鲜打扰。

当你把新鲜的刺激控制在最小范围内，你才能细细品味出平淡生活中那些习以为常的小事带给你的感动。

飞机降落成田机场后，机场大巴带着我驶向我的家——吉祥寺。

车窗外那早已看腻了的东京铁塔，让我忍不住凝视起来。

还有市中心的高楼大厦、新宿的霓虹灯、井之头大道……

每当我看腻了东京的繁华，就会渴望去国外寻求新鲜。

然而，这一切的繁华和聒噪，构成了我日

常生活的安稳和宁静，当我发现它们是我生活的一部分的时候，我发自内心地爱它们。

当然，新鲜并不是坏事。

可是，新鲜却未必是幸福生活的必需要件。

相同的每一天，也许才是离幸福最近的。

那么，如何才能获得安宁和平静呢?

我想，答案是——爱你的生活习惯和节奏，爱你身边司空见惯的一切。

从成田机场开往吉祥寺的机场大巴，左拐驶上井之头大道时，那些让我司空见惯的街景映入眼帘，我愈发感到了亲切和温暖，因为，我的家人就在不远处等着我，那是我深爱的家。

010

保持空无一物的空间

——关于空间的极简主义

追求极简的空间

读完高一的那个月。

我拿到了轻型摩托车的驾照。

又利用打工攒的钱，买了一辆摩托车。

是那种可以驾驶在山路上的大型越野摩托车 MTX50。

如果不看牌照的话，完全看不出它只是轻量型的摩托车。

得到这辆车后，我开出了札幌，几乎行遍了北海道的所有地方。

我沿着山路，一路驰骋，信马由缰。

就算遇到水坑，我也不熄火，直接开过去。一直开到不能开了，才回头换一条路。

这是我人生的第一次自驾旅行。

走累了，就在山路边，支开帐篷，钻进睡袋里睡一觉。

我很喜欢待在帐篷里。

虽然什么都没有，但这是完全属于自己的空间。

是父母家里我的房间以外的，另一个属于自己的房间。

现在回想起来，这也是我经历的极简主义体验。

身处空无一物的空间里，物质的欲望被压

缩到极致，却身心愉悦。

就算家里的东西不丢弃的话，也要把它全部收纳起来。当家里的桌子、厨房都变得空荡荡的时候，会觉得特别舒适。

在一眼看不到杂物的厨房里，为自己泡一杯咖啡。

那是一种极其清爽、通透的感受。

这就是我坚持极简主义最大的感悟。

在没有杂物的空间里，静静地独处，静静地感受这份安宁。

此时，有些接近于禅意的感觉。

不过，说到禅，就扯远了。

当你去住酒店，打开房间的一刹那，看

到一个完全没有生活杂物的空间，一定觉得好惬意。

这也是一样的道理。

如果这个房间远在国外的话，这种感觉会更加强烈。

最近，我把家里的沙发（就在这本书出版前，它也被我扔掉了）移到了窗户边，用窗帘盖在了上面。

于是，沙发与窗帘之间形成了一个像帐篷一样的空间。

于是，躺在沙发上，我又体会到了另一种乐趣。

总之，在空无一物的空间里，就是心情大好。

厕所、宇宙、大海皆如此

乔布斯为了能在厕所里更好地看报纸，于是发明了平板电脑。

不知道他要是在空无一物的厕所里，会感觉如何。

有一部电影叫《2001太空漫游》(*2001：A Space Odyssey*)，

如果你也很喜欢这部电影的话，是什么最吸引你呢？

可能是那个只有一张床的房间所具有的极简主义风格吧。

而偌大的宾馆房间里，只用来写小说的大书桌，也是同样的道理。

宇宙空间，是最极致的极简主义空间。

这里甚至连声音都没有。

再来说说，潜水与极简主义。

能看见珊瑚的海域还算可以，在什么都看不见的远洋海域，才让人震撼。

我唯一的一次潜入远洋海域的经历，是为了去看一种叫日本蝠鲼的海水鱼，我戴上了通气管潜到了海底，周围都是各种浮游生物。

这让我瞬间明白了大海是生命起源的道理，也见识了什么是深不见底的巨大空间。

此时，我既被深深地震撼了，也感到了极大的恐惧。

这就和巨大的宇宙有时也会让人感到恐惧是一样的。

还有，屋顶。

一般没人打理的屋顶，大多空荡荡的，什么都没有。

来到这里，大家都忍不住想站一会儿，深

呼吸一下，发发呆，抑或是休息一下吧。

还有，浴室。

如果尽可能地少放一些东西的话，浴室会是一个很惬意的空间。

其实，有一部分人喜欢泡澡，可能是因为某个爱好不能尽兴。

比如我的女儿就是如此，当我想让她别再沉迷于看“油管”（YouTube）的时候，我就会带她去泡澡玩。

因为浴室里没有其他玩具，只有变幻无穷的肥皂泡。

我喜欢去美术馆，或旅馆、别墅型酒店，也是因为喜欢美的空间。

美术馆里除了绘画作品，空无一物；旅馆或别墅里，没有任何日常生活杂物，置身其间能净化我的心灵。

我尤其喜欢根津的朝仓雕塑馆、驹场公园的旧前田侯爵邸和室、代官山旧朝仓邸住宅。

在这些地方，除了榻榻米，几乎空无一物，只能静静地眺望着庭院的风光。

我常会忍不住想，当时这里有人居住的时候，房间里也摆放着各种物品吧。

我家附近的井之头公园的动物园里，有一处叫童心居的和室，平时常常被用作俳句交流会等，我觉得就这样空放着就很好，体现了极简主义的美感。

去寻找空寂的空间，是一件很有趣的事。

当我带着这样的目的，去重新看看我生活的街区时，会发现以前没有注意到的地方。

有时候，我会突然很想去寺庙或历史建筑

里看一看，让自己沉浸在寂静、空旷的空间里。

久而久之，我仿佛与曾经生活在这里的人在共享这种宁静一般。

每当此时，我都会想："要是能住在这里该多好啊。"

011

把视线从人移向大自然

——关于人际关系的极简主义

工藤夕贵为啥去种地

记得有一部电影叫《白日梦想家》(*The Secret Life of Walter Mitty*),它有很多地方引人深思。

主人公就职于纽约的《生活》(*LIFE*)杂志社,职场的竞争,再加上他不擅交际的个性让他显得很弱势。

终于,对人生现状和人际关系感到疲惫不堪的主人公,勇敢地进行了一场深入大自然的冒险之旅,与大自然的艰苦搏斗让他整个人都变得勇敢、坚毅、豁达了起来。

主演本·斯蒂勒在剧中神情的变化可以说是最大的亮点。

他经历的一切，在你我现实生活中也完全有可能发生，主人公身上价值观的变化，也给人很大的启发。

我们大多数人活在人际社会里，所以，总是不经意地将视野的中心对准“人”——他人的评价、他人的流言蜚语等，这似乎是逃不脱的现实生活的鸡零狗碎。

主人公也是如此，他活在俗人的价值观里，自视不高，甚至有些卑微。

然而，一场冒险的旅程，改变了这一切。

因为他将视野的中心，从人转向大自然。

比如冲浪的时候，人会一直注视着海浪。

没有时间考虑人际社会中的杂事，全心全意地与海浪进行“交流”。

那么，这个时候，就从人际社会的一些问题和价值观中解脱了出来。

大约10年前，我因为工作关系，认识了女演员工藤夕贵，后来也给她拍了不少照片。

为了拍摄电影《尖峰时刻3》，我与工藤女士一同前往洛杉矶。

有一天晚上，拍完当天的戏收工后，在开往市区的车里，我们聊了一会儿。

我问她："你怎么想起去种地呢?"

那时，她已经在富士山的山脚下，建了一所房子，开始了农耕生活。

她不顾一天工作的疲劳，非常认真地回答了我的问题。

其中，她说的那句"为了维持人与人之间关系的平衡性"至今让我记忆犹新。

她常常见到好莱坞女星之间的明争暗斗，

人人都被“必须拿下女主角的头衔”的价值观所束缚着，她觉得长此以往，人会变得狭隘下去。

所以，她决定在电影行业，认真地做人，就算没被选上女主角，也要活出自己的样子，于是，她将自己一半的时间与大自然共处。

现在，工藤女士的农田又扩大了很多，栽种着无肥料、无农药的天然绿色蔬菜。

一边演戏，一边种菜，要么埋首于台词本，要么埋首于泥土地，两种并行不悖的生活方式，让她活得更加有声有色。

人际关系，在她的世界里，被成功地极简化了。

虽然农田不是人人都能拥有的，但是，只要有一颗冒险的心，你也可以打破现实世界，找到你的极简主义。

最基本的条件是，不要和别人争。

就算是冲浪，如果是一场竞技比赛，那么又要落入一定的人际关系和价值观里。

不如一个人去国外旅行，一个人登山、冲浪、不借助任何呼吸器具地潜水、露营……

总之，将自己的全身心交给大自然，与大自然的一切去交流，你就能实现你的人际关系的极简主义。

012

品味寂静中的幸福

——关于夜生活的极简主义

在大山里，体会一个孤独的夜晚

一个星期一的夜晚。

凌晨 3 点，我醒来。

来到雨后的阳台上，在椅子上点燃蜡烛。

睡觉前我在网上看了关于提灯的信息，便渴望晚上能在自家阳台挂个户外提灯就好了。既然没有，我就拿蜡烛代替。

然后，我去厨房，烧了开水。

把厨房里泡咖啡的工具一股脑地搬到了阳台。

为什么我会有这样的举动？

因为周末的时候，我和一群朋友去了奥秩父山地宿营，依然意犹未尽。

于是，想一个人在户外喝咖啡。

为什么我会在夜晚想要喝咖啡呢？

因为宿营的夜晚时光最美妙。

我在宿营时，体验了一下帐篷里的极简主义空间。

所以，预想的是，哪怕是白天宿营也可以，但是一定要选择一望无际的草原或平坦的湖畔。

结果，我们选择的奥秩父山地，在深山之中，四周被大树包围着。

山坡下有细细的荒川河的河水在流淌。

我们是三个家庭集体出游，选好地点之后，就在汽车旁边，支起了帐篷和遮阳棚。

我们在河边玩了一会儿，下午4点左右，开始生火做饭，我们边吃边聊，很快天就黑了。

同行的福本拓哉，是我从幼儿园就相识的发小，他今年5月开始，迷上了宿营，所以，这次的所有装备，他一个人全盘提供。

从宽大的雪诺必克（snow peak）牌的遮阳棚和帐篷，到点火用道具、户外提灯等，一应俱全。

除了我们一群人以外，这一片汽车露营区还来了很多人，大家各自都有照明装备，不算漆黑一片，但是，没有福本带来的提灯，恐怕会黑更多。

我坐在椅子上，一旁的桌子上放着提灯，我这才静下来好好看看它，柔和的光线，自带一种温暖的美感，我竟看得入迷了。

在大自然中度过的夜晚，我与这个小火苗

共度的时光，没想到是如此美好。

原来，不需要去湖畔，也不需要去一望无垠的大草原，在这深山之中就足够幸福。

这个与红尘俗世隔离的、沉浸在大自然中的美好夜晚，真是让我难忘啊。

这种感受很多露营者都体会过，并不是什么可以让他们兴奋得大叫的事情。

但对于我，却是如此欣喜。

记得我上一次宿营，还是十几岁的时候。

当时，我在山里也在海边宿营过。

但是，当时的我还是对世界充满好奇的懵懂少年，今天的我已经四十多了，感受到的东西是完全不同的。

这奥秩父深山里的宿营经历，带给我的是一种与世隔绝之感，和一种十分畅快的极简主义。

是一种通透的幸福。

这种感受必须要置身户外才能体会到，待在小木屋里也不会有。

这种离开自己很有安全感的家，像离家出走一样夜宿野外的感觉也很棒。

此外，还必须要有火。

火对人类非常重要，也非常美丽。

夜晚，凝望着火苗，就算是一个人独处也可以，只是单纯地注视着它，都会觉得心满意足。当然，有一个人能与你秉烛夜谈，则更是美事。

后来，到了深夜，我还是进了帐篷里，但是在帐篷里却没有极简主义的感悟。

另外，我那两岁的女儿，对于深山里的黑夜处之泰然，全程都很兴奋。

星期天，与朋友们分开，各自回家时，女

儿哭了，福本家的儿子到家之后，也哭了。

我们圆桌杂志公司合伙人八井的女儿，在回家的路上，看着窗外喃喃自语地说："好想再回到星期六啊。"

我们大人也在不断地说："过得好开心啊。"到了周一上班了，还忍不住会想起这次宿营的经历。

而我，则在星期一的夜晚醒来，在都市人都沉睡的时间里，一个人静静地坐在阳台上泡咖啡。

这里不能与大都市彻底隔绝。

附近还有人来人往的车站。

应该无法体会到宿营时的感受吧。

我一边这么想着，一边慢慢地将热水浇在咖啡粉上，

然后品一口，这独特的、在阳台泡的咖啡，

觉得很香。

我坐在与宿营时用的一样的椅子上，凝望着蜡烛芯上跳动的火苗，慢悠悠地品着咖啡。

雨后的地面和栏杆都是湿的，

夜空飘着薄薄的云层。

夜空下，只有虫儿的叫声。

白天嘈杂的施工的声音当然听不到。

即使不能身在大自然的怀抱，但只有虫儿叫声的时刻，没有任何人类活动的声音，就是难得的静谧，也是一种极简主义的感受。

或者说，是一种叫夜晚的极简主义。

体会黑暗与静寂的极简主义

为什么人在深夜时分比较容易集中注意力呢？

我又一次深刻地体会到这一点。

很多人收敛起活跃的举动，变得安静下来，也意味着将声音、光线、能量最小化。

正如人们喜欢夜晚在安静的房间里熬夜看书，或者夜晚开车行驶在空无一人的道路上一样，到了夜晚，人类活动会压缩到最小幅度，是因为人们在此时觉得很舒适。

这是我一个人在阳台思考的结果。

那天，我一个人在阳台，静静地坐到了天空出现鱼肚白。

有那么一些短暂的瞬间，我仿佛又回到了奥秩父山地的夜晚。

我很喜欢的一部叫《鱼王》(*The Fisher King*)的电影里，有一个镜头是已故的男演员罗宾·威廉姆斯，与杰夫·布里奇斯在深夜时分赤身躺在纽约中央公园里的情景，让我印象深刻。

当时的纽约中央公园很危险，深夜时分一个人也没有。

15 年前，明知很危险，我依然一个人在深夜的中央公园里散步。

都是因为受了电影的影响。

记得几天前，这里刚刚发生过一起犯罪事件，所以，当时还是觉得很恐惧的，但还是按捺不住想走一走的想法。

现在已经记不清我具体散步的地点了，也忘记了有什么样的感受，但是，在一片黑暗和寂静里，看着远方摩天大楼的灯光前行的时刻，却让我觉得很不可思议。

深夜里，世界的任何一个角落，都会有黑暗和寂静袭来。

不管是我家小小的阳台，还是奥秩父的深山中，抑或是纽约的中央公园，每个人都可以体会这了不起的时刻。

我想，以后每当我在深夜里醒来，都会端着一杯咖啡，在阳台上坐一会儿的。

2000 年左右，
我用像素很低的数码相机拍摄的中央公园一角

专栏

极简主义的初体验

在我进行断舍离期间，开始了对极简主义、极简派人士的思考，最初，我写了一篇叫《养生日本》(*JAPAN DETOX*) 的文章，这也是我为女演员大谷英子拍摄的照片所写的配文。

我在文章里提到了自己开始大量地扔掉物品，咖啡改喝手冲咖啡了。我写道，将陪伴我的很多心爱之物舍弃掉，在没有多余之物的宾馆房间里静静地度过，觉得自己就像一个极简派人士。

记得在克罗地亚的科尔丘拉岛上，因为暴风雨，我被困在酒店空旷的房间里，再加上不能上网，我与日本失去了联系，那段被困在屋里的时间，让我对极简主义有了更深层的体会，心情也非常愉悦。

此外，“第三波咖啡浪潮”在当时成为新的潮流。它与星巴克这样的快节奏咖啡不同，它是慢节奏的手冲式咖啡。在美国加州的咖啡馆里，人们像亚洲人泡茶一样，自己动手冲泡咖啡。

在干净整洁的房间里，静静地泡一壶茶，这是日本人一贯以来的比较推崇的优雅生活，所以，对慢节奏的手冲咖啡，接受起来也很容易。

回国以后，我想把自己的家收拾得像克罗地亚的酒店房间一样，所以，又开始了进一步的断舍离。

正好，妻子想买一个咖啡过滤杯，于是，在收拾一新的家里，我们可以喝上手冲咖啡了。

物品变少了，家里变得更整洁了，为自己

冲泡一杯咖啡，很惬意。

微凉的空气吹进来，让人觉得舒服，心情很舒畅。

就这样，极简主义走进了我的生活。

从那之后，我的脑海里经常会思考茶道、禅、朴素、清贫这样的词语。

我阅读了冈仓天心写的《茶之书》(*The book of Tea*)，了解了茶道前辈们是如何坚持极简主义的。

书中讲述道，他为茶屋取了一个别名，叫“数寄屋”，在茶屋里，没有任何装饰，几乎就是一间空屋，这让我印象深刻。

无论从设计美观的角度，还是极简主义的角度，我都一直对茶室的布置很感兴趣，也对它体现的禅意的世界观很着迷。

而我喜欢“清贫”这个词，源于十几岁的

时候，看了《太阳》杂志上一篇关于良宽（江户时代晚期的一名僧侣、诗人）的专题，文章里阐述的朴素清贫的概念，深深地烙在了我的心里。这本杂志我也保存了很多年，一直到最近才扔掉。

所谓清贫，不同于贫困，而是自我选择的一种简单朴实、安贫乐道的生活方式。物质的欲望被最小化，正符合今天的极简主义的概念。

只有当你真正地安贫乐道了，对未来的不安才会消失。

出于对“清贫”这个概念的喜爱，我还喜欢上了“淡泊”这个词语。

有一次，在一家店里，我一眼看中了一个小酒盅，便买下了，回来后用它喝日本酒。从这个小酒盅来看，我的生活也许是清贫的，更确切地说，是淡泊。

后来，在淡泊之后，我又喜欢上了“深奥”这个词。

似乎，极简主义非常符合日本的语境。

遗憾的是，那时我的“Minimal & ism”网站还没有开通，所以当时的一些想法没有被我记录并发布出来。

唯一可以被当作记录的，是佐佐木先生说要写一本关于极简主义的书时，我潦草地写下的一些如下的零碎的只言片语。

《生活的极简主义》（*minimalism of live*）

什么是极简主义→物质最小化的生活是什么样的？→如果物质欲望被压缩到最小化，自己的哪些物品是必须的？思考的过程非常有意思，我渐渐地从物质的束缚里解脱出来。

自己慢慢变成一个生活中不需要物质的人→出门也不带包，家里也没有什么物品→自己的生活空间变得像酒店房间一样，看不到个人喜好的物品。

从极简主义开始向自己的言行举止过渡，正确得体的举止、正确的说话措辞、正确的人际相处、正确的习惯。

习惯改变人。

认真地完成“烹饪、洗涤、擦拭、收拾”的日常事务。

遇到特殊节日怎么做？

制作食物（京都杉本家　打年糕　节日糕点）

语言　整理整顿　简朴清贫　淡泊

很小的家

可以一物多用的家具

可以兼用的家（格雷厄姆·希尔在 TED 大会上的演讲）

备选标题

日本人的未来生活方式　极简主义生活

主题

数码·极简主义

从数码时代的物质诱惑里解脱出来

处于物品稀少的空间里的精神状态

与你的物品说再见　“断舍离”

日本传统的极简主义生活　茶道·禅

企业经营者　朴素清贫的思想

带有极简主义风格的日本工艺品设计

从极简主义的视角思考“挣得少”是否能生存

极简风的房间　历史和未来

数寄屋和改变房间

关于咖啡馆的极简主义

旅行和极简主义

让极简主义生活更加完善，将洗涤和整理做得尽善尽美，不能有片刻的懈怠和懒散，要随时保持完美。

生活在物品不外露的房间的人们

《茶之书》冈仓天心

数寄屋→空屋　给空旷的空间增加美感→时而会有变化的不固定的美

调和、调整→道教

咖啡、茶，茶即人生

珍惜世间的一切，享受当下

茶道数寄屋与西洋风的房间不一样，里面几乎没有什么物品，只有随着季节变化的花朵是主角。

据说这是道教的思想。

为了让人们可以集中于茶道上。

而西洋风比较喜欢用照片和古董来装饰，不会随着季节变化而变化。

数寄屋的名字包含了空无的意思。

每当我回看自己随手记录的这些话，总能悟出一些日式的极简主义的理念。

而且，笔记里确实提到了淡泊这个词。

记得当时，佐佐木先生似乎在东京四谷的一家叫保罗（PAUL）的面包店里对我说："那本

《茶之书》还有禅道还挺有意思的。”但他还没有真正产生兴趣。

过了一段时间，他突然对我说，想去镰仓参加坐禅会，让我很意外。

如今，无论是眼前的亲身体验，还是今后的生活规划，佐佐木先生都比我更加懂禅道，更加日式。

当我只是书写关于清贫的理念时，我的心也会变得很清澈、安宁。

前辈们传下来的教诲和智慧，就像手冲咖啡一样，成为了现代时空下对自己的款待，让人的心灵变得澄净。

每当我忘记了自己关于清贫的修行时，我就忍不住默念“淡泊、禅、咖啡”。

第二章

当幸福要素被不断简化，最后只剩下天空

为了追求幸福，
要不断探索心里的唯一。

013

从远古时代，人们就会凝望夕阳

人生阅历值千金

2013 年的秋天，妻子想要扔掉一些不需要的东西，于是，我下决心，一定要利用这次机会，把家里变得像杂志里那位德国文学研究者的家一样。

虽然中途我去了一次克罗地亚，但是家里大规模的收拾、清理工作没有停歇。

这一次，与以往任何一次收拾都不一样。

扔掉的东西非常壮观。

后来，过了不久，我的网站“Minimal & ism”就开通了。

一年后，在东京吉祥寺井之头公园附近的一家店里，我和佐佐木先生一起喝咖啡。

他告诉我，自己最近不怎么看电影了。

他这么一提醒，我发现自己也是如此。

要知道，以前我们两个人都很喜欢看电影，只要有时间，就泡在一起看电影。

后来，不知不觉地，看电影的时间变少了。

到底是为什么呢？

我们讨论了很久，得出的答案是，我们都认为“与其从别人的故事里获取经验，不如走好自己的人生之路”。

当我们开始断舍离之后，不仅多余的物品

被丢弃了，连自己的一些个性“标签”都被舍弃了，变成一个没有什么辨识度的人，而别人的那些所谓标签也好，光环也罢，在我们眼里也没有什么意义。

所以，某种程度上说，我们与别人可以等同。

那些艳羡和仰慕就变得轻如鸿毛了。

不要再参考别人的人生了，好好走好自己的每一步。

不要太沉迷于书本和电影，而要增加自己的阅历。

与其宅在家里看蓝光电影，不如走出去看看这个世界。

也许大家都习惯性地把从书本里获得的见闻、学来的知识以及从他人处听来的言论，等等，综合起来当成自己的思想，再说给别人听。

我在二十五六岁的时候，曾经评论过某国，结果别人对我说："你又没有去过，不要擅下结论。"其实，那人说得很有道理，没有来过日本的人，如果对日本有负面的评价，我也应该这么回答他们。

你看，即使没有经历过的事，人们也会各抒己见地议论一番。

那些从书本上读到的知识或思想，就更会让人借此武装自己，与人起口舌之争了。

正如那些没有经历过战争的人，往往会讨论得热火朝天。

人们只有对自己经历过的事情，才能理直气壮地发表评论。

不论是自己经历过的战争，还是灾难或事故。

只有去过的国家才可以评论，只有自己扛过来的苦难，才有发言权。

对真正相处过的人才算了解。

对旅途中亲身经历的所见所闻，才有讲述的意义。

那天，我和佐佐木交流的心得，被他整理成一篇博文发表在我们的网站上，标题是《极简主义与找回自我》，发布时间是2015年2月。

那段时间，我买了一辆我曾讨厌的汽车，并且每天开着它出门。

经常宅在家里工作的我，有了这辆车之后，经常手握方向盘，信马由缰地去很多自己想去的地方，非常享受这种感觉。

正如佐佐木在文章中写的那样："别人说的话，别人的思想，别人的知识，远不如自己亲身体会来的体验说起来开心。"

而我愿意抛弃偏见，驾驶那辆自己曾经讨厌的车也说明了这个道理。

所以我立刻在他的博客下面评论，表示赞同。

后来，通过我们愉快的讨论，以及自己的人生阅历，我明白了一个道理：

在美丽的夕阳面前，任何知识、智慧都变得不重要了，看夕阳才是最重要的人生经历。

在风景面前重新找回自我

朝阳也好，晚霞、夜空也罢，重要的是你要用自己的感官，去全身心地感受它们。

美丽的风景就在眼前，用你的眼睛看、耳朵听、鼻子闻，用全身的毛孔感知它的存在，然后你不由得赞叹“真美啊”，这个过程本身就是很棒的体验。

如果一个人每天都有这样的时间，那么他

的每一天都是很美的。

这与你从书本上读到的别人的经验，或者是看了无数遍的经典电影镜头都不一样。

这是独属于你自己的亲身感受。

我与佐佐木先生在网站上所抒发的观点，也都是基于自己的经验和阅历，而不是我们阅读来的内容。

当我站在美丽的风景面前，我觉得自己就是主人公，像电影里的主人公一样闪闪发光。

想象一下古时候的人们。

当天空将云层染成了红色，大家一定看得如痴如醉。

打猎归来，凝望着天空。

虽然今天收成不佳，但是看着粉色的夕阳照耀着积雪，内心的失落得到了安慰。心里开始挂念起在家中等待的孩子，抑或是病榻上的妻子。

广袤的非洲大地也好，以色列也好，乌拉尔山脉也好，抑或是日本本土也好，每一个身在红尘中，品尝人生酸甜苦辣的人，在被大自然的美景所震撼、所治愈的瞬间，都是主人公。

每个人都在用自己的肉胎凡身感悟人生，经历岁月。

与亲密的人，一起默默地欣赏夕阳美景，心获安宁。

晚霞映红了天空，这美景于任何人都是平等的。

人生在世，谁都活在自己的人生中。

每个人的感悟只有自己最懂。

被写进书里的人生，被拍成电影的人生，

当然会被加以美化。

让人心生羡慕也是人之常情。

难道说每个人的人生本来都是乏善可陈的吗？当然不是。

只是有些人的人生瞬间被特写了，被放大了，而有些人没有罢了。

在像水一样流淌的普通日子里，什么时候能感受到自己活在这个世上呢？

当人们被镜头里的自己打动的那个瞬间吧。

个人以为，这样美的瞬间大多在夕阳时分。

就是当你周身被夕阳的红光照耀时的瞬间。

那时，不管你是在游玩也好，静默沉思也好，夕阳之下，人也美，景也美，

如果用相机记录下来，就像电影一样美。

当你凝望着那一轮夕阳的红日，就像你凝望任何一件美物一样，会感受到世界的美好。

而你凝望的姿态，也很美。

从古代开始一直到今天，人们依然在用哲学的角度，去艰难地思索人生的意义、幸福的含义。

然而，日落时分，欣赏夕阳，却是从古代就可以做到的简单的小事。

人们看着夕阳，不禁感叹“这世界如此美好”，这感动之外，与哲学、与智慧皆无关。

从古至今，任何人在夕阳照耀之下，都是美的。

014

炫耀也好，羡慕也罢，只是所见到的美景有多有少而已

静静地欣赏美景

朝阳和夕阳的时间段最适合拍摄人像。

这时，太阳光不是垂直照耀大地，而是倾斜地照耀。

色泽和光线是横着打在人身上的，

所以照片效果会很漂亮，拍出逆光效果也很容易。

所以，纬度较高的欧洲的秋天，能拍出非常漂亮的照片。

记得那次去丹麦拍摄，每一张都很漂亮，

作为摄影师的我，非常有成就感。

现在我知道为什么这样的照片更容易被人觉得好看。

因为它能让人与丰富的人生感受产生共鸣。

独处的时间、与好友共处的时间、与家人在一起的时间。

这样的照片让人想起假日、温暖、休闲、一天结束后的团圆时光等关键词。

原来，倾斜照射的光能传达这么丰富的内容。

无论哪一种，都让照片显得像有故事一样完美。

看着夕阳，会让人有好好生活下去的信念。

千百年来，地球转动到夕阳时分，生机勃

发的大地随之开始睡眠。

听上去是理所当然的，却有一种让人感动的力量。

孕育着生命的神秘海洋，随着月亮的盈缺而变化，也有了清晨、白天、黑夜。

这样说听起来更浪漫一些。

甚至，女性的生理周期也与之相关。总之，生命的一切都与太阳和月亮的活动息息相关。

所以，当人们看着太阳或月亮时，会觉得幸福。

无须将人生看得太复杂。

只要认真地过好每一天，经常看看夕阳或朝阳。

所以，简单地看待幸福论就好，不需要上升到哲学的高度。

用这样的思维方式，来看待对别人的评价，也变得简单起来。

不要看别人的头衔、收入、品位等，

而要看别人欣赏了多少美景，每天是否看夕阳。

如果你有朋友住在海外，也可以问他是否每天都可以欣赏到夕阳。

我的朋友平岩大辅住在瑞典的斯德哥尔摩，在他回国期间，我问了他这样的问题。

他说，斯德哥尔摩东面向海，由于这里地势平坦，所以很容易就看到夕阳。

虽然没有挪威的夕阳那么美，但是也非常迷人。

听着他的描述，我不禁心生羡慕，这就是幸福啊。

幸福与否的判断标准，无关乎你的职业，

也与你住在哪里无关，

不管是住在巴黎、伦敦还是纽约，都不相干。

在此之前，我遇到的人，丝毫不关心他们曾见过什么美景。

所以也不怎么羡慕他们。

倒是会根据别人听的音乐，看的电影、书籍来判断他，也容易根据别人的着装、职业来判断。

而如今，我最看重的是被人欣赏过的风景。

以及，每天是否有时间看夕阳。

我会羡慕别人见过的美景，或正在欣赏的美景。

015

意识不到生活变得黯淡无光的日子

不看夕阳的忙碌的都市人

为什么我会这么注重看夕阳这件事呢？

因为，曾经我的生活里没有夕阳。

话说15年前。

我是工作在东京新宿2丁目的一名普通职员。

公司一带是同性恋者聚集的地方，非常热闹。当时，我正埋首于制作杂志中一期关于英国专题的内容。

每天早上9:30上班，下午5点之前，广告方面的工作就让我忙得焦头烂额，到了下午 5 点，正好是英国的白天，我又要开始进行电话采访。

不知不觉就是末班车的时间了。

于是，我穿过 2 丁目的喧嚣人群，拼命地向新宿站奔跑。

那时总是纳闷，什么时候天就变黑了呢？

我的办公桌在主编的旁边，后面是一扇窗，但是窗户紧挨着大厦，所以经常是关着的。

办公室里唯一的一扇东侧的窗户，从我的位置上是完全看不见的。

所以，我每天都看不见夕阳，也不会留意到天黑了。

突然有一天，我意识到，总是看不到夕阳是不行的。

于是，在傍晚时分，我安排了外出时间。

在一定的季节，新宿通大路的远方可以看到夕阳，晚霞的红光映在大厦的玻璃上。

我端起相机拍了很多。

像这样，如果不是刻意安排时间，我是看不到夕阳的。

当时我住在代官山的旧公寓里，这栋房子并不是朝南的，房源条件不属于上乘，窗户是朝西开的。

但是，窗前都是一片陈旧的独栋的房子，而我住在五楼，所以视野很开阔，能看见整片天空。

每当周末，傍晚时分，西沉的夕阳就将我家墙壁染成了粉色。所以，每一个休息日，我的家都很美。

我还想起小时候，我家公寓的走廊可以看见夕阳。

每天放学，我会特意爬到楼上一层的走廊，去眺望一会儿橙色而透亮的天空，然后再回家。

在我 20 岁出头的时候，我住在冲绳的久留米岛，这是一个不大的离岛，开车一小时就可以绕着它逛一圈，所以，看夕阳是一件很容易的事。

事实上，岛屿越小越容易看夕阳。

久留米岛上有一座小山，冲绳的很多离岛连山都没有。

所以，无论是朝阳还是夕阳，是百分之百可以看见的。

在我还是一个编辑的时候，有一次周末，我步行走在吉祥寺的中道通的路上，正是夕阳时分，眼前的景象让我怔住了。

我的身边有很多人在散步，他们看上去都是和我一样，是新宿一带的上班族。

还有一些学生和主妇，他们逛逛杂货店，泡泡咖啡馆，或手提着准备做晚饭的食材。

原来，这里有我不知道的悠闲时光，我就像来到了一个新世界一样，豁然开朗。

这条街的尽头，是被晚霞染红的天空。

街上的人们看上去都很惬意而幸福。

如今，我就住在中道通上，每天的工作地点就是自己的家，所以对这样的氛围非常熟悉而亲切。当然可以看到道路尽头的晚霞红云。电线在地上投下影子，天空时常会变得非常美丽。

我忍不住感叹："这真像我小时候常在漫画

书里看到的场景。”儿时的漫画书里，我对作者描绘的夕阳的景象，印象尤其深刻。

漫画书里，时常有孩子们在玩耍、不知不觉就夕阳西下的镜头。

伴随着的还有妈妈准备晚饭的声影、孩子们的嬉闹声，还有商业街华灯初上的繁华。

自从在新宿 2 丁目工作以来，我愈发觉得夕阳对生活的重要。

夕阳不仅美丽，而且对人们的每一天来说，都非常重要，我笃信这一点。

016

克罗地亚的亚得里亚海的
幸福的理由

亚得里亚海上漂浮的神秘幸福感

从新宿2丁目的职场上关于夕阳的感悟到今天，又过了10年。现在我对夕阳又有了新的认识。

契机是2014年10月至11月，我去克罗地亚的亚得里亚海的拍摄旅行。

其实，在这之前，我和佐佐木先生一起来这里出差过3次。

每次，他都会问我，为什么克罗地亚会给

人幸福的感觉呢？我也与他有同样的感受，但是一时也说不清楚是为什么。

是啊，到底是为什么呢？

我们所说的幸福感，具体一点主要来自亚得里亚海边的小城，每次住在这里，都感觉特别棒。

10 月份，第 4 次的亚得里亚海之旅，也是和佐佐木先生同行的，可能是受电影《白日梦想家》里男主角冒险精神的影响，我一直想找机会体验一下一个人的旅行。

这次从克罗地亚回国之后，很快我又来了，这次没有带佐佐木先生，而是与男演员铃木胜吾先生一起，是一场只带了一个背包的轻装之旅。

这次我是奔着独自旅行的目的来的。

我计划从亚得里亚海北部的伊斯特拉半岛（Istra）往南部的斯普利特（Split）开几天的车，然后再北上萨格勒布（Zagreb）直接回国。

铃木先生的意思是，就算有我这个司机在，他也要充分体验背包客的滋味。

对于一个一心要做背包客的人来说，如果下一个旅行目的地是已知的，就少了很多乐趣。他想自己选择目的地，能经历一些未知的刺激感。

旅途中，有一个转折点。

我们经过了一个叫帕岛（Pag）的很小的岛屿，我也是第一次来这里。

我们两个人坐在路边的矮石墙上休息。

这一天我们跑了很多地方，所以觉得很累。

此时，正对面的岛屿的西侧，夕阳正在西下。

当地的人们在屋顶上不知在做些什么，像是在修缮屋顶之类的。

此时此刻，身处此景，我们一下子觉得很惬意，很放松。铃木说，这好像是他这趟旅程中第一次这么放松。

之前绷紧的劲头一下子松懈了。

这种沉醉于夕阳景色的现象，在旅途中很常见。

因为是旅行，不用着急赶着回家，而夕阳时分人大多是在户外的，所以很容易遇见夕阳。

日常生活中，夕阳西下的时间，人们要么在超市买东西，要么还没下班。

就算是待在家里，鳞次栉比的高楼大厦总是将太阳遮挡，还未等夕阳染红天空，就已经看不见它了。

而人在旅途就不一样了，本来就在行走中，

而且很容易会去海边等视野空旷的地方，所以，很容易遇见夕阳。

当你静静地看着夕阳，回想这一天的经历时，心情会不可思议地平复、安稳下来。

正如铃木此时对我说的那样："说实话，今天你带我去的那些地方，都不如这里让人感动。"

被夕阳染红的海边小城

夕阳中，看着被晚霞染红的友人，我们说着笑着，享受着。

离开帕岛的次日，我们从斯普利特前往维斯岛（Vis）。

我的脑海中浮现的"亚得里亚海的幸福"的画面正是来自于这个岛。

首先维斯岛的地形就很有趣。

它的东海岸有一个叫维斯的海湾小城，西海岸则有一个叫科米扎的海湾小城。

东西两个海湾远看就像吃豆人游戏（Pac-Man）里的小精灵一样，而中间则是被大山完全分开的两个城市。

我们乘坐渡轮到达了维斯岛，然后沿着山路翻越山脉，驶向科米扎。

到了科米扎，办理好酒店入住手续后，我和铃木在酒店前的路上散步。

道路左侧就是大海，眺望大海，此刻，正是夕阳向大海里沉去的时刻。

看了一眼身边的铃木，发现他被晚霞照耀得通红。

这红色，远远胜过了帕岛的夕阳红。

简直是赤红。

由于科米扎小城是朝西而建的，所以在这

11 月份里，不管你身在它的何处，都能看到夕阳西沉的景色。

当夕阳快要消失于水平线之下时，这红色也浓烈到了极致，将这个城市都染成了红色。

这也是最精彩的瞬间。

凝望着夕阳和大海，不知为何，会有一种大海的那一边什么都没有的错觉，仿佛这海水是无边无际地漫延到天边，虽然心里明明知道，海的那一边是意大利。

看着被夕阳染红的壮观景象，再加上旅途即将走向终点，内心被这团“火”点燃了一般，百感交集。

“这里简直太棒了！”耳边传来铃木的赞叹声。

不知道科米扎是不是总是被夕阳这样地染红。

如果真是这样，这个小城真是到处都洋溢着幸福啊。

西边有海的城市，真是好啊……

翌日下午 3 点半，我们乘坐渡轮到达了斯普利特，从这里我们要一路北上了。

11 月份，太阳很早就会下山了。

越过左侧副驾驶上的铃木的头顶，我看到窗外夕阳已经越来越近了。

然后，这轮即将西沉的太阳，就一直跟着我们。

在这旅途的最后时刻，我按下快门，拍下了一张透着寂寞的照片。

也许，此时的铃木，内心真的是觉得孤独吧。

太阳一直就在我们西侧相随，眼前的荒野也渐渐被染红了。

话说回来，这也是亚得里亚海之旅最常见的时刻。

太阳总会跟在汽车的一侧。

面向西面的科米扎小城固然迷人，但仔细想想，整个亚得里亚海都是朝向西面的。

除了夏天以外，不管是从北部南下，还是从南部北上，太阳总是很快就倾斜地照耀下来。

再加上西面临海，所以整个城市就很快被一片赤红照耀着。

我一边思索着，一边用相机取景器捕捉着铃木那有些孤独的侧脸，以及越来越接近地平线的那轮红日。

克罗地亚带给我的幸福感，正是照耀着亚得里亚海的这片夕阳。

“不如停下工作去度假吧。”

这夕阳仿佛在诱惑着亚得里亚海边小城的每一个人。

我决定，今后就算工作没有全做完，也不要觉得愧疚。

要把休息的时间多多地留给家人和朋友。

与他们一起身披夕阳的红霞，享受安宁，享受人生。

我一边畅想着，一边留意到这南北纵长的海岸风景非常有魅力。

再加上大海在西侧，而不是东侧，就更棒了。

相较于面向着意大利东部的亚得里亚海，

我更喜欢面向着克罗地亚西部的亚得里亚海。

因为，光是在这南北向的道路上开车，就足够享受了。

秋季至冬季的下午3点至6点，你可以一直沐浴着夕阳，驾驶着汽车，欣赏美景。

沿着海岸线而建的城市，在所有的晴天里，都会长时间地奢侈地享受着夕阳。

正是这红色的光，赋予了亚得里亚海幸福。

南北延伸的海岸线，西部临海的地理条件，

这就是克罗地亚最吸引我的地方。

距离第一次去克罗地亚的6年后，我才明白。

017

西部临海的城市，幸福指数往往很高

冲绳和纽约迷人的原因

从克罗地亚回国后，我开始策划以“西部有海”为主题的专题，并对西部有海的城市空前地着迷。

首先，我要知道日本有没有南北有纵长大道、西面临海的城市。

东京附近的话，也许房总、西伊豆、叶山这三个地方是这样的。

如果不是非要开车的话，台场、丰洲的西部也有海，可以欣赏夕阳。

其实，大阪也是这样的地方。

虽然临海地域是工业区，不算特别完美，但以前应该很美吧。

当年的丰臣秀吉在那里眺望夕阳时，不知道是怎样的心情。

此外，日本的能登半岛、秋田县、山形县、长崎县、熊本县、爱媛县也有几个这样的地点。

由于日本是南北狭长的地形，所以曾经被嘲笑为“里日本（内日本）”的临海地区，其实是夕阳美景的宝地。

然而，对于我来说，最难忘的地方其实是冲绳本岛。

这才是我心中最像亚得里亚海的地方。

我年轻的时候，在电视台工作的那段时间，曾经从久米岛被调到冲绳本岛。

我在冲绳本岛住在一个叫宇荣原的地方，这里往西很快就是海边，开车去南端冲浪也很方便。

电视台在一个叫丰见城的小山上，交通也很方便。

我很喜欢丰见城，是因为每天下班回家的时候，可以开车行驶在横贯那霸湾的那霸东旁道，这条道路的西侧，总是可以欣赏到很美的夕阳。

除此之外，本岛本身还是一个南北狭长的岛屿。

所以，当我开车行驶在西侧海岸线的58号国道时，夕阳常常伴我同行。

西侧海岸线和东侧海岸线有很大的不同，我居住的西侧，沿着海滩，建了很多度假酒店。

而东侧似乎总给人一种暗淡的感觉。

我还听说，传说中神明都是从东边来的，

不知道是不是也有这一层原因，总显得很神秘，很幽暗。

这么说也许要招来批判，但是，我真的觉得冲绳本岛的人根本不知道西海岸有多大的魅力。

难得这里每天都可以看到夕阳，却几乎没有人去看，真是暴殄天物。

在伊斯坦布尔或马尼拉，经常会看到很多人聚集在海边欣赏夕阳，然而，在冲绳却没有人看夕阳。

即便如此，那温柔的夕阳依然深情地照耀着这里。

我相信，很多人看到夕阳，会一边感叹着“啊，这么快天就要黑了”，一边内心不知不觉地被一种安静的力量治愈了。

再看看国外，以美国为例，北部西海岸的人们几乎全部如此吧。

洛杉矶的海滩很受欢迎，这自不必说，旧金山的西部也是靠海的，地形很像一个半岛。

而西雅图在海湾的中间，中心地区是南北狭长的，西边是靠海的，在地理条件上相当完美。

加拿大温哥华的西部也是靠海的，北部的温哥华港湾的道路是南北走向的，所以在这条路上应该能看到很美的夕阳。

这些城市的地形都很棒。

我看着地图，开始想，难道东海岸就真的不行吗？

那我特别喜欢的纽约市的曼哈顿，还真是不好说呢。

为什么那个城市总是那么生机勃勃，吸引着四面八方的人们。

可能很多人也回答不上来。

我想可能与它的地形有关系。

曼哈顿的地形是南北狭长的……

西临哈得孙河（Hudson River），东靠东河（East River），南边还靠着上纽约湾（Upper New York Bay）。

这样一来，曼哈顿人不仅可以享受朝阳，也可以享受夕阳。

而且去东河边也好，哈得孙河边也好，都非常方便。

因为曼哈顿的东西跨度很短。

而南端的巴特里公园（Battery Park）既可以看朝阳，也可以看夕阳。

与西雅图不相上下。

还有一点，曼哈顿的道路就像棋盘上均等的分格，是纵横平均分布的，所以天气条件好的话，朝阳和夕阳可以一下子照遍整个城市，而没有任何障碍。

任何人都有机会看到夕阳，光从这一点来

看，这个城市就够完美的了。

如果你在中央公园的水池边跑步的话，可以看到夕阳在高楼间落下。

如果你是富人的话，则可以从那些高层大楼里眺望夕阳。

如果你傍晚乘船回史泰登岛，或新泽西州的家的话，就可以在船上欣赏夕阳。

无论如何地迷茫、慌张或疲劳，很多人都会选择去曼哈顿放松一下。

不管你身在哪里，朝阳和夕阳都会照亮纽约客的每一天。

早晨的东哈莱姆（纽约市）一角。
朝阳从右（东）侧照进来。
而左侧的南北向的那条道还很暗

018

从夕阳到天空
就是简单的幸福元素

住在天空下是什么意境

我的视力很好。

为什么我会突然说起自己的视力？因为通过关注自己的视力，让我不仅关注夕阳，还开始关注天空。

我每天都在电脑前工作，但是我的视力却一直很好。

记得小学四年级的时候第一次接触电脑，趴在显示器前面学习编写程序，其实是最伤视力的。

上了初中之后，虽然不学这个了，但是高中的时候，开始学习画画，又因为面临高考学习压力很大，视力开始渐渐下降。

当时觉得自己的视力可能恢复不了，几乎放弃了，没想到，后来却奇迹般地恢复正常了。

是因为冲绳。

准确地说，是因为在冲绳冲浪的经历。

冲浪的时候，眼睛一直盯着远方水平线的变化，等待波浪拍过来。

据说，这对视力很好。

就这样，我的视力因此恢复了，并且一直到今天40岁出头的年纪，都没有变差。哪怕我后来一度沉迷游戏，还频繁地使用电脑，虽然没有精确地测试过，但就个人感觉，视力没有再变差。

在通过玩冲浪恢复视力的那段时间，我有一次回到札幌老家，觉得眼睛有些不适应。当我在家里，拉上窗帘，会觉得眼睛很难受。因为在这个屋子里，我的眼睛最远只能看见前面的白墙，于是，我留意到看得远的环境与视力的关系，从那以后，为了视力不回落，我会时常提醒自己要远眺。

最近，我们圆桌杂志公司的合伙人八井，开始关注儿童视力，我向她讲述了远眺有利于视力的心得，也注意到自己最近有些疏忽了。

我的女儿喜欢在家里用索尼掌上游戏机观看“油管”视频。

我觉得这样下去肯定不行的。

于是，把她从托儿所接来后，不再让她玩游戏机了，而是带她在小公园里玩耍。

或者在阳台上铺上垫子，放上椅子，一直待到吃晚饭。

终于，公园的天空，以及从阳台看到的天空，成为了女儿日常生活的一部分。

从那以后，为了保护女儿的视力，我尽量多地和她一起看天空。

其实，在外面散步的时候，女儿本来就喜欢看天空。

一听到飞机飞过的声音，就专注地抬头寻找飞机。

“原来天上飞着这么多飞机啊？”有一天，女儿若有所悟地说道。

经常看天空，就会对天空和云朵的颜色变化比较敏感。

在冲绳那段时间，这对我来说是家常便饭，没觉得有什么特别，

搬到东京之后，这样的机会骤然减少了，

人们行走在户外，很少抬头看天空。

大家只是把天空当作一种固有的存在，只在城市里的某处寻找美，

建筑、食物、人、艺术、电影、商品，等等。

而忘了夕阳很快就沉入建筑的影子里，当它变成红色的晚霞时已经看不见它的身影了。

“夕阳如此，夕阳下的天空也是如此，天空、天空……”

有一天，在我和女儿去停车场取车的小路上，女儿抬头看着天上一架飞机化成一道白光闪过，我这么想着。

说不定，我一直思索的理论，都与天空有着紧密的联系。

早期，我在“Minimal & ism”的网站上发表了一篇叫《关于“成长”的疑惑和“无所事事”的午后》的文章，在这篇文章里，我写到了对于“无所事事”的状态的思考。

文中，我描写了自己在克罗地亚的亚得里亚海，有一个面朝大海的伊斯特拉半岛上，我在罗维尼（Rovinj）的小城里所体会到的幸福。

幸福感来临时，我正面朝大海，坐在阳台上喝着啤酒。

回国后，为了重温这个时刻，我把自家的阳台改造了一番，现在算算是6年前的事了。

虽然当时我不明白为什么罗维尼小城的酒店阳台上的一刻那么让人幸福，但是后来我知道了，应该是因为以天空为大背景的原因吧。

我在家里的阳台上放了一张桌子，临近夕阳时分，我往红酒杯里倒了一杯红酒。

这一刻就是我印象中的罗维尼时刻。

那时，我将红酒喝完了，在红酒杯里倒了一杯白水试试，

喝起来依然那么幸福。

于是，我明白了，只要在户外放一把椅子，坐在上面喝着饮料，就能找到心中的罗维尼时刻。

记得有一次，在克罗地亚的萨格勒布（Zagreb）的时候，我们准备进入一家餐厅吃饭，发现餐厅里空无一人，因为大家都坐在室外用餐。

想在餐厅里面慢慢地用餐的似乎只有我们日本人吧。

后来，我也喜欢上了欧洲街道上的设立在

户外的咖啡馆或餐厅，尤其是夕阳至夜晚的那段时间，气氛非常迷人。

人们与这座城市一起享受人生。

我有时候会想，在我居住的东京吉祥寺附近的中道通，如果我拿一把椅子坐在路边，慢慢喝点什么，也可以吧。

但是很难实现。

欧洲人在户外、在天空之下进餐或喝点什么是他们的文化，我们觉得这很棒，但对他们来说就像呼吸一样司空见惯，上升不到幸福论的高度。

原来如此。

说到底，还是天空。

对，就是天空。看天空，感受天空，在天空下静静地伫立。看夕阳，看夜空，看星星，看月亮。

这些小事，是这个地球上的每一个人在小时候都做过的，日常小事。

这与金钱无关，任何人都可以做的，无关身份，是最平等的行为。

却被我们渐渐地，一点点地忘却了，不再看了。

我开车时，思考着天空。

一边思考，一边回忆起旅途中的感受。

旅途中，我们在户外行走，看风景，被各种美丽感动着。

在天空之下，享受大自然的风景。

这与我们关在人造的建筑里过的时光是完全不一样的，身体内的压力得到了自然的释放。

我还在阳台的椅子上思考天空。

从遮光帘的缝隙里看流动的云朵。

这天空的风景与我在纽约看到的天空岂不是一样吗?

年轻的时候，很向往能在纽约这样的国际大都市生活。

东京和纽约的街景是完全不一样的。

有段时间我一直在思考，为什么纽约的街景就是给人不一样的感觉呢?

到底是因为纽约街头那旧建筑的设计，还是因为从每个窗子里溢出来的光影和色彩?

住在纽约的房子里，即使关上窗，也能感受到纽约这个城市的气息。

曾经，我试图把东京家窗外的井之头公园想象成纽约的中央公园，以回味纽约那特殊的氛围。

这样做有点傻乎乎的，但也说明纽约在我心里，是独特的，与伦敦、洛杉矶都不一样。

我20岁出头的时候，去了纽约，恋上了那里。幸运的是，后来由于工作原因，去了世界上很多个城市。

我感受着每一座城市的魅力与个性，并将心得反馈到我在东京的生活。

我尽力地希望将自己在国外感受到的幸福能在自己的家里再现。

但是，我发现其实没什么需要去改变的。

国外的城市与东京固然有很多不同，但是有很多却是相同的。

比如，现在我正仰望的天空。

蔚蓝的天空、柔情的夕阳是一样地美。

不管是伦敦的天空，还是巴黎的天空，抑或是纽约的天空，都是一样的。

它们都是相通的，没有国界。

也许是年纪增长的原因，我不再像以前那样，向往国外的生活。

也不会像年轻时候那样，把窗外的公园想象成纽约中央公园。

但如今，我领悟到天空是相通的，所以只要仰望天空，就能想象任何地方。

只要我把天空想象成任何一个我去过的城市的天空，我随时就能想起那个城市的回忆。

而且，现在所居住的自己的城市和天空，我也能觉得非常美好。

海边酒店的露台是最适合仰望天空遐想的地方。
只要不是太冷，我一定会选择在这里吃早饭

019

有把椅子、
有块阴凉地就足够了

坐在椅子上享受无所事事的状态

某个周末，我和女儿一起去了多摩的公园。

只带了椅子和一些简单的饭菜，吃完了坐在椅子上发发呆。

在天空之下，只做了这么简单的事，都觉得好开心，于是第二天，我们一家三口带着草地毯又去了同一个公园。

下一个周末，我们又去了附近的武藏野的森公园。

在树荫下放把椅子，只是发发呆，或者看

看天上飞机飞过。

就这样，女儿都高兴得手舞足蹈。

那时刚入夏，没有树荫的草坪上空无一人。

站在那里 15 分钟左右，估计就要中暑了。

所以虽然站在天空下感觉很棒，但就像年轻人一样，我也不想被晒伤。

还是树荫让人觉得舒服。

在树荫下放上一把椅子。

然后，坐在上面。

真的让人心情大好。

当然，铺一张草地毯，躺在上面也很舒服。

正如我一次次地实践的那样，我重新审视了天空的价值，所以更加觉得幸福了。

我还买了帐篷用的遮阳棚。

在得到许可之后，我在东京的野川公园使用了一次，那时炎炎夏日，没有树荫的空无一人的草地上，只有我撑着一面遮阳棚在那里。

在遮阳棚下放一张椅子，也很惬意。

玩帐篷的圈子里，有一个常识，帐篷要小一点，遮阳棚要大一点，遮阳棚下面的空间叫客厅。

放一把椅子到户外，真的会体会到一种幸福感。

比起公园里的长凳，需要更舒适的椅子。

因为可以很好地看天空。

度假酒店的露台上往往都会放一把椅子。

沙滩上的椅子也是这个道理。

如果你一个人去边境城市的海边，或者山顶，不妨带一把椅子。

为什么坐在户外能让人觉得如此幸福呢?

因为这是观察天空、感受天空的最好方法。

所以，我度假的方式很简单。

只要能看见天空，可以是公园、海边，或者搭个帐篷。

只要走到户外就行。

寻找树荫，或者自己想办法搭出阴凉地，然后坐在椅子上。

就算不能外出，也可以坐在家里的阳台上，悠闲地看着天空，一样觉得很开心。

那天，在武藏野的森公园的树荫下坐了半天，中午去荞麦面馆吃了午饭，然后回吉祥寺。

马路两边绿树成排，在路口等红灯的时候，我突然意识到，如果说椅子和树荫是幸福要件，那我现在开的车，也可以理解为椅子和阴凉啊。

020

汽车是为了让人们
看天空的大盒子

因为有舒服的座椅，汽车才有魅力

放一把椅子在户外坐着，是一件很惬意很舒服的事情。

记得在上海的街头漫步的时候，看到当地老人们拿把椅子坐在自家门口，怡然自得，我很羡慕。

但是，在日本街头却很难实现。

试想一下，在丸之内的马路上放一把椅子坐着，怎么看都觉得怪怪的。

但是，我还是忍不住会幻想。

在代官山住的时候，我还认真地考虑过拿一把椅子放在八幡通的路边坐着的可行性。

坐在椅子上，看看书，看看天空什么的。

但是，人行道太狭窄了，会给来往的行人造成很大的不便，而且看上去总是觉得不对劲。

后来搬到了吉祥寺，我也曾想过搬一把椅子到门前的中道通的路边，但光是想想都会觉得那个画面有些滑稽。

而且，一楼是一家有名的餐厅，再加上公寓的入口附近又有很多店铺的招牌，很嘈杂，不可行。

结果，只能坐在咖啡馆的窗边往外看。

从武藏野的森公园回来的路上，眼前是铺设得十分整洁漂亮的马路，两侧是整齐而郁郁葱葱的树木。

车停在红绿灯前，我从车窗眺望着车外的这一切，突然意识到：

“我现在不也坐在一把户外的椅子上吗？”

不妨把汽车理解为放在马路上的一把超大的椅子。

开车行驶的时候意识不到，当停下车来，看着车窗外的风景时，尤其会有这个体会。

一般情况下，可能不会往这方面想。

但当我自言自语地嘀咕“放把椅子在室外，仰望天空”的时候，突然就灵光乍现地想到了这一点。

如果你没有汽车的话，是不可能有机会拿把椅子坐在马路中间休息的。

笔直的马路和两边林立的树木本身就是一道风景，而步行的人是不能从这个角度欣赏到的。

将汽车停在路边，抬头欣赏天空，这与坐在户外的椅子上看天空是相同的状态。

有一天下午，我正在路上开车时，突然遇到大暴雨。

觉得有些危险，于是把车停在路边，等待暴雨过去。

我在车内看着车窗上倾泻而下的大滴大滴的雨珠。

街道两边的树木和道路变成模糊的灰色轮廓。

我独自躲在车内，漫不经心地看着这一切。

汽车，可以为人们营造一个专属的个人空间。

我的车里也是很极简的，几乎什么物品都

没放。

这是为了能在车里静静地舒服地待着，看窗外的风景变幻。

有些时间，有些地方，有些天气情况下，我在自己的这个小小汽车里，变得简单而天真。

大胆地设想一下，也许汽车就是为了满足人们可以在任何地方仰望天空而发明的。

这样一来，我如此喜欢汽车的原因也可以牵强附会地与天空扯上关系。

那么我喜欢敞篷车也可以理解得通。

女生们常幻想周末开着甲壳虫（Volkswagen Beetle）的敞篷车去伊豆的别墅度假，把车停在海边，打开敞篷车顶，在车里伸个懒腰，这样的场景我也很喜欢。

为什么喜欢呢？坐在车里会带来极大的感

官愉悦固然是一个原因，还因为敞篷车营造的生活氛围让人很向往。

原来如此。

敞篷车也符合天空之下一把椅子的幸福要件。

看来，敞篷车才是最厉害的幸福利器。

此刻，我正坐在菲亚特咖啡馆里写稿，

门口正展示着一辆黄色的500c的汽车，供顾客参观。

我试着打开了车顶上的天窗，坐在椅子上。

虽然头顶上有车篷，但是依然比我想象得要视线开阔得多。

这样一来，岂不是开到任何地方，都可以放倒座椅看天空了吗?

虽然不如敞篷车那样看得天高海阔，但是可以避开陌生人的视线。

很遗憾，我的汽车不是敞篷车，连天窗都没有。

虽然理想与现实总是相差很远，但是，我有很棒的遮阳棚啊。

在亚得里亚海的某一个小岛上发现的一辆旧车。
车头面向着大海，看上去很休闲，很惬意

021

从最小限开始的，能看见天空的极简主义的家

最小限开始建一个家

我一直幻想着，在乡下买一块地，建一个小小的房子。

这当然只能是一个梦想，哪怕只有一块草坪，周末开车去放松放松，也足够开心了。

是的，我没有能力建房子。

我只能寻找空地，寻找草坪。

但从最小限的标准来衡量，这就够了。

想象一下，周末，全家人开车来到一片草地上。

周围是一片森林，

或者高原。

搭起遮阳棚，摆上椅子。

还有一个小小的帐篷。

大家一起吃着自己家做的菜肴，该是多么地惬意啊。

可是，渐渐地，大家有了其他的需求。

比如需要个厕所。

退一步想，在野地里解决也可以，也许没有厕所也无所谓，但是，厕所终究是必须的。

不管是怎样的荒郊野外，如果那里有洁净的厕所，那么舒服度会陡增的。

这样周末就可以在外面玩很久。

但是，有了厕所，很快还会有下一个需求产生。

比如会想来一次烧烤。

那么，为了方便清洗蔬菜，以及事后的收拾、打扫，需要有一个水池等可以洗涤的地方。

假设把厕所建在草地右边，清洗台就安排在左边。

哪怕小一点也行。

如果这样的草地实现了，那么，就会想带一些朋友来一起玩。

到这一步，就真的很满足了。

但可以继续设想。

接下来，想要在这里露营。

那么就要考虑阴雨天的情况。

在露营地，下雨也只能忍着。

听着雨点打在帐篷上的声音，除了忍着别无他法。

但是，如果搭一个简单的木台子和屋檐，在木台子上支起帐篷就可以防雨又防泥水了。

如果有这样的条件，我觉得已经非常理想了。

就算不是别墅，也可以很滋润啊。

只要能以天空为主，极简主义的要素都具备了，就算实现了。

如果只为了这些，而去买一块地的话，很多人会认为简直异想天开。

当然，如果腰缠万贯的话另当别论，如果一般人特意这么做的话，我也觉得有些脱离现实。

所以，我只能体会着想象的快乐。

除了草地，我还经常幻想“理想的小屋”。

首先，建一个平房，门前有一个宽大的木头平台和屋檐，还有水池、厕所，搭个帐篷就是个家。

从最小限需求的角度，这就够了。

但是，进一步设想下去。

有些女性觉得，如果没有洗澡的地方，就不想露营。

说实话我觉得这个想法有些矫情。

事实上，露营的时候，通常是吃喝聊天到夜里12点，根本没有时间洗澡。

但是，如果有的话，家人会更开心的。

那么就在厕所旁边建一个吧。

最后，屋檐和木头平台之间装上一扇玻璃窗。

水池直接放在户外，玻璃窗里面可以睡觉。

那么门放在哪里呢？

算了，反正是假想，放哪里都无所谓。

这就是我想象中的自己的小屋。

没有客厅，没有洗衣服的地方，只有户外一个水池。卧室、浴室、厕所全在户外。

外面的大草坪就是我家的客厅。

晴天的时候就在草地上撑开巨大的遮阳棚，下雨天可以待在屋檐下的木头平台上。

这里没有我的房间、你的房间之分。

不知道如果这样的家越来越多的话，会怎样。

至少建一个家不需要太多的成本。

但是，如果既可以这样享受大自然享受天空，又可以变成一个真正的家就好了。

也许我的构想有违建筑法，但是很想要一个这样的家。

022

喜欢雨天的天空

别样的雨中露营

今年的雨水特别多。

每次听到有人说“一直下雨，真烦人”的时候，我心里却不是这么想的。

我当然很喜欢蓝天，所以觉得多云的伦敦很煎熬。然而，如今我却比以前更加喜欢雨天了。

为什么呢？

我有一位喜欢露营的化妆师朋友叫武笠，几年前我就和他约定一起来一场当天来回的露营。

每次我们刚计划好，就遇上大雨，计划总是泡汤。

今年9月我们约的第三次，又因为大雨而泡汤了。

前几天，武笠又打电话约我第二天去露营。

我失望地说："明天百分之百下雨啊。"

他语气一转："那就干脆来个雨中露营吧。"

第二天，我带着佐佐木开车出发了，中途接上了武笠之后，我们就直奔相模原的露营场。

没想到除了我们，还有别人也来露营。

"下雨天，还真有人露营呢。"佐佐木用不可思议的口吻说道。

庆幸的是，那天虽然有雨，但是没有风，而且雨势不大，算不上暴雨，所以水流也不急，也没有泥石流的危险。

雨滴簌簌地从上往下垂直地落下来。

我们在一个小屋的屋檐下开始准备露营的装备。

说是小屋，其实就是个只有顶棚和台子的小亭子。

我们把三个人的椅子放下来，烧烤架支在中间。

我们开始生火，然后开始烤起肉来。

不管在什么状况下，肉始终是美味。

我们没有准备沙拉，只有肉。如果有女性朋友在场的话，我们会准备的，但是今天只有我们几个男人，就只吃肉。

烧烤架上的一排排的肉嗞嗞作响，渗着诱人的油光，也透着一种原始的肉食动物的兴奋。

武笠帮我们烤了很多香肠，我们沉浸在食

肉的味蕾之欢中。

吃完了肉，我们围着火喝起了咖啡。

雨还在下着。

我们周围没有一个人。

身后是一片森林，眼前被雨淋了的深绿色的叶子不断地落下来，有一种说不出的情趣。

虽然往外一步就会被淋湿，但我穿着高筒雨靴和雨披，不仅可以去河里走走，还可以去更远的地方。不过他们两人不愿意挪步，宁愿这样窝着。

武笠一边喝咖啡，一边说道：

“我倒觉得幸亏今天下雨，周围一个人都没有，比平时来还有意思。”

的确如此，平时来的时候，身边有孩子、家人，还有朋友的家属，那是另一种开心，但像今天这样只有我们三个男人，倒有一种幕天席地的酣畅。

三个男人，雨幕之下，围着火，说着话。

如果是这样的组合，倘若在市中心的咖啡馆的话，不仅不能安静地聊天，而且觉得很别扭。

而在这里，我们被大雨困住，仿佛与世隔绝，只是一起凝望着眼前的这团火。

没有什么乐子，无所事事地待着。

一直、一直待在这个小亭子里。

由于今天是工作日，武笠和我都要去接孩子，所以下午三点我们就散了。

要不然，真想再多待一会儿。

和家人一起露营当然很开心。

晴朗的天气，大家一起烧烤，可谓其乐

融融。

如果将装备缩减到最少的话，其实只要有烧烤架、肉、椅子就够了，而因为下雨的原因，我们从喧闹的世界隔绝出来，更让人体会到了一种极简的意境。

看着雨中飘落的树叶和眼前的火苗，有非常原生态的感觉。

后面的山上传来溪流的水声，与眼前火苗发出的噼啪噼啪声，遥相呼应。

下次还想找个下雨天来这里。

023

不可把家弄得像牢笼

采光是一个家最基本的价值取向

家。

有高层公寓房，也有低层的平房。

当高层的建筑连成排，路上的行人就会看不见天空和夕阳。

但是，住在高层的人从自己家里就可以欣赏天空、朝阳、夕阳。

大城市里很多一室户的房型，采光很差，阳光很少照进来，只有收入不错的人，才能住进采光很好的房子。

而工作本来就很辛苦的年轻人，却只能住

在看不见阳光的一室户里。

我年轻的时候，每次租的房子都没有很好的采光条件。

如果我当初就知道天空对幸福的意义，就不会有那么多惨痛的教训了。

记得，第一次租房子，是在札幌。

那是一个一户跨两层的公寓单元，地下室有个画室。

一楼很明亮，但是我一直待在地下室里画画。

一直画到自己觉得很难受。

傍晚至夜晚时分，我要在薄野的餐厅里打工，下班后拖着疲劳的身体，回到地下室画画，一直画到早晨。

地下室只有一扇窗户，在天花板旁边的墙壁上，是横向的长形的。

也不知道它是否能起到换气的作用。

这样的生活持续了一段时间之后，我开始变得很消沉，就连看收视率很高的喜剧类电视节目，也会走神，想要离开这里。

已经接近崩溃边缘了。

我真不明白自己当时为什么会选择住在见不到阳光的地下室。

明明楼上的房间明亮得多，虽然没有阳台，窗户也很小。

房子根本不具备任何看风景的条件。

后来我回老家待了一阵之后，又再次离开了家。

其实，造成我当时精神消沉的原因有很多。

白天，和互相了解的一群朋友在美术学校里专心学习素描，晚上为了生计要从事自己不喜欢的餐厅的工作，还要与不怎么投缘的成年人在一起相处。

这是为了实现画家的梦想，毕竟光靠画画是养不活自己的。

但让我为了学画画而高考，再进入大学这个牢笼继续深造，也是我不屑的。

我想通过人生阅历找到自己该画的东西。

结果，心怀抱负的我，只能窝在地下室里画画，看不见外面的世界。

就连到外面去打工，也是在没有窗户的地下厨房里。

有时候我在想，如果当时我有钱，能住在可以欣赏朝阳和夕阳的好房子里会怎样呢？

几年后，我搬到了冲绳本岛，在那里租的第一个房子，是一个只有一扇窗户的一室户。

从阳台只能看见一点点海。

我依然很消沉。

待在这个房子里，觉得一点都不开心，很苦闷。

窗外的很大一部分被木头封住了，就算是白天也很阴暗。

地底下还是墓地。

房租是多少已经记不清了，可能是4万日元左右吧。

现在回想起来，我觉得这个房子是我这一生住过的最差的房子。

不管做什么都开心不起来，而且比在札幌住的房子更狭窄，更让人窒息。

要不是我后来去拜访了一个朋友的家，恐

怕这日子更凄苦。

我的那位朋友叫平岩爱子，她在那霸学习玻璃工艺，住在那霸南部一个叫宇荣原的离海很近的地方。

来到这里一个月左右，我去了她家做客。

一进门就注意到很高的天花板。

厨房的壁柜也很高，似乎根本够不着。

原来这里以前是外国人居住的。

厨房和客厅是相连的，有 10 叠的大小。

卧室也有 6 叠大，还配有一个阳台。

采光很充足，墙被刷成了白色，整个房子很复古的感觉。

我问爱子还有没有空房间了，她说有，我当即就决定搬来，很快签下了租房协议，搬了过来。

这个房子真的很不错，玄关是开放式的东南亚风格，日光从西边照进我的房间，非常明亮。

后来我去了电视台工作，与同住一楼的平岩爱子、想当画家的平岩大辅（两位后来成了夫妻）度过了很多快乐的时光，大家相处得很融洽。

早上我开车到南部海岸玩冲浪。

由于房子天花板很高，大大的冲浪板平时就挂在墙上。

我在电视台学习到了新闻报道的伟大之处、采访的重要性以及摄像机的使用方法。后来这两位朋友让我重新燃起了创作的热情，于是我开始为当地的旅游观光手册撰写文章。

在那栋房子里我度过了很多快乐的时光，非常让我怀念。

但是，我到现在都没有完全明白为什么会如此喜爱那个家。

后来我又辗转去了东京，开始了编辑、摄影师的工作，住在代官山的某个公寓的5楼，视野非常棒。

这个房子我也很喜欢。后来我就准备自己买房，看了市内的很多房源，有很多让我觉得很不舒服，当时我并不知道为什么自己会有这样的感觉。

现在我明白了，是因为采光的原因。

便宜的房源大多是一楼，没有阳光洒进来。

记得荻洼有一个一楼的房源，几乎完全没有自然采光。

墙壁刷成了泡沫经济时代常见的茶色，让

房子更加昏暗无光。

虽然价格和大小很不错，但是气氛让人觉得非常阴暗、压抑。

“真讨厌这样的房子。”我对妻子说。

即便如此，在随后看的房源里，我们依然没有注重采光这一条件。

看来那时还没有足够的意识。

后来，我们又看了好几处光线昏暗的房源。

有一处是西荻洼的公寓，不仅阳光进不来，还被洪水泡过，而且阳台上蚊子成群。

我们现在住的吉祥寺的房子在四楼顶层，处于边角位置。

东南和西南各有一扇窗，阳台也很大。

当初由于装修陈旧所以一直没有买家，但我和妻子因为它的明亮而一眼就相中了。

回想一下，我们当时并没有明确地意识到是因为采光好而选择了它。

当时我们注重的是感觉，但是今天看来，这个让我们动心的感觉，就是由采光带来的。

如今，我明白了将幸福论极简化，天空是必需要素，也就明白了曾经那些糟心的房子失败在哪里了。

其实，是最简单不过的采光。

只有这个，是无论如何不能被最小限化掉的。

如果窗户无限小

每个人都需要自己的家。

家是有屋顶、有墙壁的、能挡风遮雨的箱子。

其实，有屋顶和墙壁就够了。

窗户甚至都是不必要的。

但是人们还是在家里设置了窗户。

人类的文化进程中，人们很早就知道了窗户对于建筑的重要性。

没有窗户，房屋就会阴暗。

房屋变阴暗，住的人也会变得阴暗。

但是，在现代大都市，依然有很多采光很差的房子。

家固然很必要，但是如果长期生活在一个窗户很小的阴暗的家里，人的精神也会萎靡不振。

如果窗户越变越小，那么人的精神就愈加不振。

就像监狱一样。

也许监狱就是通过这种方式来惩罚犯人的。

将犯人关进只有很少阳光甚至没有阳光的牢房里。

以此给人精神上带来痛苦，从而达到惩罚的目的。

虽然我说过“天空对所有人都是公平的”，但是，在监狱里，这种平等享受天空的权利却被剥夺了。

即使这样，人们还是会建造出窗户很少的房子。

在这样的家里，享受天空的平等权被剥夺了。

如此一来，看不到天空的家，就像监狱一样。

我的父亲很少会严肃地训诫我一些做人的道理，但是他仅仅说过的几句，我却牢记在心。

首先，“走路要昂首挺胸”。

其次，“不要做让自己将来不能见天日的事情”。意即，不要进牢房。

将不要犯罪的训诫比喻为不能见天日的说法，非常有趣，所以我印象深刻。

现在看来，看不见天空，确实是对罪犯的一种惩罚。

不要受到“不见天日”的惩罚。

这个说法确实合情合理。

024

久米岛的海给了我幸福

冲绳离岛能给人生活的原动力

我在前文曾提到过，冲绳拥有绝对的幸福感。

在聊这个话题之前，有必要说明一下我在19岁那年为什么会选择去那里。

我19岁时，也就是大约20年前的那个夏天，日本爆发了阪神地震和奥姆真理教的东京地铁毒气事件。

我从札幌的地下画室逃跑似的离开了这个城市，在鹿儿岛的港口试着想乘坐渡轮前往冲绳。

顶着炎炎烈日，我背着背包，忍不住去询问在港口的工人："请问开往冲绳的渡轮的码头在哪里？"

可能是俩人之间的距离太远了，那位男子向我用力地摆摆手，大声叫道："我听不懂英语。"

我说的当然是日语，之所以有这样的误会，可能是因为我被晒得很黑，再加之头发干枯杂乱，被对方当成了外国人。

而且，我说的日语还被人听成了英语。

可能我被看成中东或南亚来的人了吧。

还没等我从这突如其来的"遭遇"中反应过来，那位男子已经扬长而去了。

我这个北海道人所接受不了的热浪一阵阵

扑面而来，晒得沥青路面快将我融化了一般，我傻傻地立在原地……

1 个小时后，我终于躺在了开往冲绳那霸的波上宫号渡轮的甲板上。

“晒太阳的感觉真好啊。”我在心中感叹道。

当时我兜里就剩 3 万日元了。

到了冲绳就要找工作了。

我独自背着背包、四处云游的目的，是为了体验自己种稻、自己煮饭的原始的自给自足的乡间生活。

我从家乡札幌出发，先是到了东京的朋友家借住，然后又回到了札幌，攒了一些钱之后，又到了东京，随后又去了神奈川、山梨、长野、金沢。

我在金沢的朋友家借住了一段时间，其间

与认识的美术学院的大学生约好在九州见，后来，我又去了在阪神大地震中几乎被烧光的长田地区，然后到了本州岛，那时每晚都是在车站里寄宿的。接下来，我又开车从大分抵达了鹿儿岛。

在鹿儿岛的下甑岛，我拜访了在金沢认识的另一个美术学院的大学生的爷爷奶奶家。

两位老人对我的到来感到有些吃惊，但是对于一直憧憬乡间生活的我来说，却脸皮很厚地登门了，不过，我还是受到了热情款待。

可能因为我年轻吧，就算这样失礼，也得到了原谅，真是很淳朴的人家啊。

终于，我到达了最终目的地——冲绳。

在这里，对于只带了 3 万日元的我来说，唯一活下去的指望就是一本地图册。

我先借住在美术学院前辈在读谷村的家里，

然后就开始着手找工作。

当时没有互联网，只能使用地图册。这本地图册记载了店铺名和电话，于是我就逐个打过去。

不出我所料，都被拒绝了。

20 年前，人们怎么会仅凭一个电话就雇用一个从最北端的北海道打来电话的男子呢？

但是我并不介意，依然执着地拨着一通通的电话。

只要看到刊登着的电话号码，我就很开心。

终于，有一家酒店没有拒绝我，接电话的男子很干脆地问我："明天就能来上班吗？"

我高兴得都说不出话来了……

就这样，行李只有一个背包，工作内容也不挑剔的我，终于在远离城市的一个叫"久米岛"的离岛，开始了新的生活。

现在看来，其实我觉得当时的我，远比现在的我更像极简派。

告别相处愉快的友人，以及为了画家的梦想蜗居在地下室的生活，还有整天包围着我的大量的人造物品——这些我统统一下子抛弃了。

与一个激烈的自己告别了。

如果我不抛弃那样的生活，似乎不能继续向前了，精神世界觉得很压抑。

而且，我把所有的画笔、画具都扔掉了，轻装上路，整个人一下子觉得轻松了很多。

我为那个曾经一心要磨炼的自己，那个与人默默竞争的自己按下了暂停键，什么都不去想，只是一门心思地向着目的地——冲绳出发。

这一路上，我在车站睡过，在朋友家借宿过，在夜空下露宿过。

由于旅途的艰辛，我左眼的睫毛变白了。

（如今，过了 20 年，依然是白色的。）

冲浪初体验

凭着一通电话找到工作之后，第二天我就来到了久米岛。

抵达码头的时候，有一位微胖的晒得乌黑的自称是经理的上原先生来接我。

乘坐他那被海风吹得有些锈迹的汽车，我们很快就到了我即将要工作的酒店——久米岛观光酒店。虽然出于感恩我很想夸一夸这个酒店，但真的是一家有些陈旧、规模也很小的酒店。不过，它是久米岛最古老的酒店，很有历史感。

酒店所处的地段是非常棒的。

地处一座临海的山丘上，视野很开阔，时不时地能看到鲸鱼在海里游过。

虽然地理位置优越，但是老酒店的生意却不如新兴酒店那么兴隆。

说到底还是因为太陈旧了。

曾是渔夫的上原先生临危受命，出任了经理。

他的父亲白手起家创建了这家酒店，是当地的名流。

而上原十分喜爱大海，很想每天出海钓鱼，无奈他是唯一的家业继承人。所以，他雇用我的目的是希望我白天帮他照看酒店，以便他有时间实现自己的私人爱好。

而我正好对大海没有兴趣，只对惬意的乡间生活感兴趣。

所以一边工作，一边吃住在这个酒店里，对我来说是求之不得呢。

我一边负责前台的工作，一边勤勤恳恳地把酒店的墙壁、用具打扫干净，干劲十足的我甚至想把这家酒店翻新一下。

闲暇的时间里，我会搬一把椅子坐在山丘顶的草地上，一边眺望着大海，一边写一些文字。

这些让我觉得十分幸福，十分满足。

这段时间里，我沉醉在眼前这片包围了久米岛的大海和天空里，并开始研究如何用单反相机将这美景再现。

我研究了反转胶片的曝光量和光圈的关系，还试图用滤光片拍出天空那纯净的蓝色。

过了不久，我也经常去海边了。

久米岛东边有一个伊芙（iifu）海滩，四周有很多新建的酒店，是非常有人气的旅游景点。

有一天，在海滩的一边，我注意到有很多

冲浪板。

我这才知道，其实久米岛很流行风帆冲浪，还有很多世界级水准的选手呢。

我所工作的酒店的厨师长叫我一起来玩这种风帆冲浪，他有一位朋友就是职业冲浪运动员。

于是我买了一套二手的设备，有空的时候就到海边去学习这个新鲜玩意儿。

玩风帆冲浪，风是关键因素。

有风才能练习，没有风就一切免谈。

所以，如果没有风的话，我就用冲浪板在海上漂浮着玩。

这让我感到了一股强烈的幸福和无上的快乐。

伊芙海滩是个内海海滩。

面向东部形成了一个海湾，由于四周都有

珊瑚礁，所以没有特别大的海浪扑来。

伊芙海滩是平浅海滩，所以海水看上去是很亮的绿色。

沿着海滩往北走，有一个叫叠石的景点，这里的海更深一些，海水颜色就显得更加深绿，美丽得让人忍不住深吸一口气。

我在冲浪板上漂浮着，似乎周围的一切将我包围了。

身边一个人都没有，

仿佛这一整片美丽的海洋都被我独享了一般。

躺在冲浪板上的我，只穿着一条泳裤，

眼前看见的只有碧蓝碧蓝的天空。

一股浓浓的幸福感在我体内横冲直撞，轰

轰作响，仿佛被什么东西敲中脑门一般。

不是那种安稳的小确幸，而是突然降临的快感。

让人想呐喊，让人幸福得像个傻子。

“如果能一直这样下去，什么我都不需要了。”此刻，这是我内心最真实的声音。

因为放弃绘画带给我的烦恼和痛苦，在此刻也烟消云散了。

深深迷上大海的我，很快就取得了船用驾照，并开始帮助酒店为顾客做潜水指导，还会抽空卸掉装备一个人潜入海中。

一般我会潜到 20 米深的地方，然后在那里憋一会儿气。

我喜欢这种放空一切、什么都不想的状态。

在水下尽兴后，我才会心满意足地回到船上。

看到潜水的顾客们也是一副很幸福的样子，大家的脸上都洋溢着单纯的快乐。

后来，我去了冲绳本岛，就没有机会练习风帆冲浪了，倒是冲浪还一直在玩。

来本岛以后，我每天都会去摩文仁村的一片海域。

这里的海滩与伊芙的不一样，并不是那种很漂亮的白色沙子。

而是布满了珊瑚和岩石，让人多少有些毛骨悚然。

但是，对于深爱大海的我来说，这些不算什么。

而且，为了防止自己的精神再次变得消沉，我也要坚持每天去与大海亲密接触。

事实证明的确有效，即使我后来在东京生活，内心也一直很强大。

伊芙海滩给我的幸福不是短暂的，它支撑着我，使得我在未来的人生路上一直都是一个内心明媚的人。

这段时光，让我开始思索自己的幸福秘诀是什么，与大海在一起的日子到底对我有怎样的意义。

不知不觉，已经过了 20 年了。

这些年，我受到了很多启发，一直到今天 40 岁，我才找到了几乎完美的答案。

开始参悟极简主义之后，我开始思索，也许天空才是对人类最重要的。

在思考过程中，冲绳的久米岛的大海突然浮现在我的脑海中。

是那片海救了曾经的我，曾经的那个迷茫少年。

那片纯净的、蓝色的、有时是绿色的海水。

它的变幻的颜色，让我久久沉醉。

所以，也可以说，是那海水的美丽的颜色救了我。

但是，也许不是大海，而是天空。

因为我躺在冲浪板上，眺望的是天空。

当时，我除了一件泳裤，身边什么都没有。

离开现实的物质的环绕，投入大自然的怀抱，从这个角度来说，是完美的极简主义。

大海也是完美的，那温柔摇晃的冲浪板也是完美的。

我曾在如此无可挑剔的极简主义的环境中，在南部的一个小岛的海面上，独自漂浮着。

而潜入大海，就像摆脱一切衣物的束缚一

样，也是一种极简主义的体现。

令人心情大好。

但如果是多云的天气，就差了很多。

大海的美，也与晴天有着密切的关系。

迷人的海水之上，广袤的苍穹之下。

拯救我的正是那一片天空。

20 年前开始思考的谜题，终于解开了。

久米岛上放置风帆冲浪板的地方。
不用担心被别人偷走

025

就算失去一切，也会被夕阳打动

在奥斯威辛集中营了解人性

1942年，犹太人精神科医生维克多·E. 弗兰克尔被关押进奥斯威辛集中营，侥幸生存了下来，出狱后，他将狱中的经历写成了一本书——《活出意义来》(*Man's Search for Meaning*)。

这本书以一个精神科医生的视角记录了集中营中惨绝人寰的生活，获得了很多口碑，而我却对作者和犯人们面对苦难的高超的情商印象深刻。

收押的犯人在这里不管是谁，只被唤以代

号，没有任何尊严。然而，作者可以超越这严酷的环境，让自己冷静。

那就是，当他看到美丽的夕阳时，忍不住动容了。

当他们被押上拥挤的货车，从缝隙里看到阿尔卑斯山时，忍不住看入了迷。

还有一次，在结束了一天高强度的劳动之后，一位狱友突然用异样的表情说："快来看啊！"走上前去，原来是在集中营远处的森林上空，有一片火红的夕阳。

有一位狱友不禁感叹道："这个世界真美啊。"

他们身陷囹圄，财产被剥夺了，家也没有了，名字被人遗忘了，价值观崩溃了，个人的教养和兴趣都失去了，世界这么大，他们却只能蜷缩在一张很小的床上，然而，打动他们心灵的，却是夕阳和美景。

我对这一段尤其感慨。

就算走到最后，一无所有了，还拥有天空。

只有天空，是谁也拿不走的，对众生是平等的。

对于曾从内乱中走过来的日本人，也是如此。

但正因为天空是拿不走的，是谁都可以拥有的，所以很多人并不知道它的价值。

它不是什么新鲜、有趣的话题，也不会成为电视节目或杂志的专题。

就算是作为博客的标题，也似乎索然无趣。

它不需要花钱买，公平地存在于每一个人的生活中，所以没什么价值。

人人都可以得到它。

我们一直以来总是认为，附加了很多劳动的东西才有价值。

为什么会这样想呢?

你画的画很漂亮，你设计的LOGO很受欢迎，这些会带来价值。

但是，你自己的双眼看到的风景，对你来说也是很美的。

其实，没被人为设计的东西才美。

那些利用各种元素、各种灵感而进行的设计，其实是一种职业，是一种为了得到报酬的行为。而设计本身是很简单的东西，是人人都可以做的，所以，从某种意义上来说，不存在什么抄袭、剽窃。

人们热衷于设计美，于是，城市里的大街

小巷充斥着人们为了得到报酬而做的设计。

所以，有时候我很不喜欢待在繁华街市。

而更喜欢追求那些没有被设计过的东西。

所以，我仰望天空。

看那白色的带着光芒的云朵和永远看不到头的天空。

看那被城市的人们忽略了价值的天空和云朵。

我不会带着主观的视角去描绘它，只会欣赏不会被任何人设计的美。

虽然不需要花掉兜里一分钱，然而很多人都不会抬头看看这片天空。

我想，久米岛的人一定会仰望天空的。

天空到底有没有价值，这虽然是我一己之见，但是与报酬、金钱没有任何关系。

东京的人、纽约的人、久米岛的人，无论彼此如何生活，天空和夕阳都是公平地照耀着每一个人。

将幸福的要件不断地筛选、简化，最后就剩下天空是不可缺的。

在人类的精神世界里，有天空就足够了。

如果你觉得只有天空是不会感到幸福的，那么说明你的价值观不够单纯。

未来社会将会越来越平等，人与人之间不会因身上的标签而被歧视。

不管是什么样的职业、收入、家庭出身，

都会被平等对待。

“我们都是地球上共同的人类”，人们会这样认同彼此。

人们追求的价值观，就是“众生平等”这句再简单不过的真理。

极简主义让我领悟到了这种平等性。

苍穹之下，没有阶级，没有所谓的价值。

只有永远相随的天空。

专栏

寻找夕阳

在此之前的15年间，我基本都是靠电车出门的。

所以，我选择目的地都是以电车可以到达为前提的。虽然也会步行或骑车，而且也徒步走过很远的距离，但是总的来说，行动的范围还是有局限的。

为了接送孩子，我买了一辆汽车，并且时隔15年再次想开车去看夕阳。

本以为有了车就可以很轻松地找到能看夕阳的地方，然而，仔细想想，也不好找。

就比如说，如何在每天的生活轨迹中找夕阳。

我每天都会开车去小金井车站接孩子，所以要么在车站附近找，要么在家附近的吉祥寺一带找。但在我的记忆里，吉祥寺附近就没有这样的地方。（后来我才知道，冬天的时候在动物园的桥上可以看见。）

于是，我就在车站附近找，居然从好几个坡道上看见了富士山；从东京既然可以看见富士山，就应该可以看夕阳（仅限冬天）。

有一个坡道在调布飞行场的附近，爬上坡道，视野很棒，景色很美。

我还经常说东京没有什么高处可以攀登呢，原来是我一直弄错了。

我对这个坡道一下子提起了兴趣，查了一些资料，发现了一个叫哈克（HAKE）的连绵的丘陵，从东京的国分寺附近一直延绵到多摩川。

这片丘陵有曾经的多摩川的遗迹，其大部分保留着森林的原生态，并分布了很多坡道。

这里有地下水涌出，所以曾经吸引了富人来此建别墅，还因为这里的水特别适合种植荞麦，于是诞生了以荞麦面而闻名的深大寺。

来这里就可以看见夕阳，但是，孩子还太小，长时间坐在汽车安全座椅里会很不舒服，所以想等孩子大一些，上了托儿所后，每天接她回家的路上再来这里看夕阳。

在这之前，我只能站在家里的楼顶上欣赏夕阳了。庆幸的是，如果天气晴朗的话，在我家楼顶连富士山都可以看到。

而如果是休息日的时候，夕阳时分正在从外面往家赶呢。

如果去东京的台场的话，倒是可以在那里看夕阳，但我还是想赶回来在自己家看夕阳。

而如果换个更近一点的地方玩的话，一到

了傍晚，仍然很想回来看。

这样一来，就只有选择在外住宿。这下既可以欣赏当地的夕阳，还可以在一番惬意之后，吃一顿当地的美食。

这样的旅途恐怕任何人都会觉得很不错。

偶尔尝试一下与平时不一样的生活，是很有意义的。

不知道大家是怎样的呢？

您家附近也有可以欣赏美丽夕阳的地方吧？

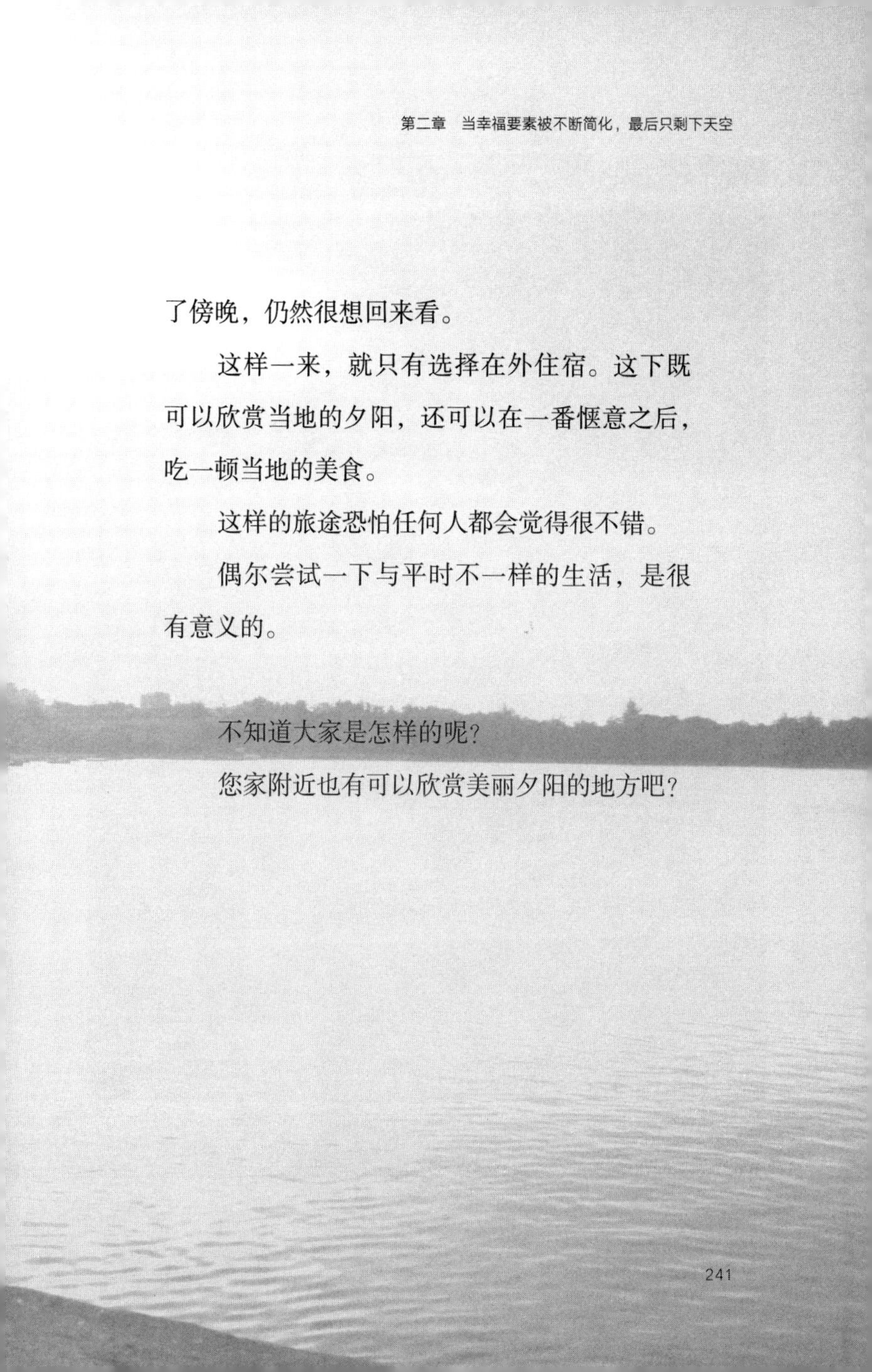

如果是下雨天就不能爬到屋顶看夕阳了，
但如果天空被染成了红色，我还是会出来看夕阳的

在草木茂盛的地方，找一片树荫，放一把椅子，
然后坐在上面，打开我的 Kindle 看书，或者睡个午觉，或者吃个饭团

面前放一张崭新的桌子，就会特别有极简风的感觉。
不妨坐在椅子上，静静地注视一会儿这张白色的桌子

安静的雨滴阻止了人们的行动，隔开了花花世界的喧闹，
仿佛在说“不如趁现在休息一会儿吧”

在整理好的房间里，轻轻地放上一朵花，
然后静静地看着它，就像欣赏一个限期展览的展品

这是我很喜欢的一把椅子。当初是为了去野外搭帐篷时买的，
后来发现把它放在房间里，也很有极简主义的味道

最终章

我们身上自带的
极简主义的 DNA

将来，人们都会意识到“精简一些才是美”。
而这恐怕也是日本人一直在追求的。

026

物品、工作、人际关系
都可以精简到最小限

人们为何喜“大”厌“小”

我在对极简主义的思考以及对天空的感悟中，发现了未来的理想状态是众生平等，但在现实世界里，人们依然在用各种标签来评价别人。

某人住着豪宅；

某人开着名车；

某人腰缠万贯；

某人人脉颇广；

某人学识渊博；

某人进了名企；

某人名牌傍身，还有名包、钻戒……

贴上这样的标签，往往就会引来艳羡。

说明我们更加崇尚“大”或者“多”。

这源于日本在战后物资极度匮乏，人们被迫过着清贫节俭的生活，物质欲望被压抑，从而导致了今天人们的价值取向，这并没有什么过错。

后来，由于经济飞速发展，人们的生活越来越富足。

正是前人们的辛苦付出，才有了今天悠闲而又稳定的日本。

但是，另一方面，到底发展到什么程度才是终点，谁也给不出答案。

我们的终极目标在哪里，我们要这样拼命

努力到什么时候才是个头?

在如今物质文明高度发达的日本，人们几乎可以买到任何想要的东西。

将家里充斥着物美价廉的东西似乎不费吹灰之力。

这些物品不仅是人们的生活必需品，也是满足人们内心、带来快乐的必需品。

然而，虽然是必需品，但是我们的房间到底需要多少物品来填满呢?

为什么没有人提出“保持最低限的必需品就够了”呢?

自己的人生，自己的每一天，到底什么才是必须的，排除宗教和哲学的角度，当我们像这样问自己的时候，不妨从极简主义的角度来思考。

说到底，还是自己的阅历会给你答案。

比如说，“我想让我的生活噪声减小”，那么就试着将一切声音压缩到最小值，如果很难坚持，那就稍微调高一些，一直到自己认为最能够接受的音量为止，那就是你的最低限值。

这个最低限的点因人而异，没有一个一刀切的标准答案。

而且会随着年龄和生活境况的改变而改变。

只要你一直不断地追问、寻找，就会找到每个时期的答案。

即使你的必需品比别人多，也无妨，因为那是属于你自己的生活、自己的答案。

最小限主义的方法论，就是从最低限开始尝试。

所以，如果我们不去试着减少生活中的物品，就不会知道极简的生活是什么样的。

光靠想象，或纸上谈兵，是不会实现极简主义的生活的。

我希望我们的国家、我们的政治，也能从极简主义的角度重新审视一下我们所追求的东西。

我们真的需要那么多平地而起的万丈高楼吗？真的有必要将那么多建筑完全翻新吗？

这对一个国家而言真的是必需的吗？

难道不是在打着发展经济的旗号在一味地投资吗？

我们的国债到底要增加到什么程度才罢休？

眼下，大家都在讨论2020年东京奥林匹克运动会主场馆的国立竞技场的改建问题。

如果是一位极简派人士负责总设计策划的

话，那该多好啊。

如果让我来设计的话，那我就会选择纯白色的墙壁，一切装饰都免去。

规模和观众席位只控制在实际必需大小即可。任何花哨的设计费用都不需要。

总建设费能省则省。

然后向全世界宣布："这是一座贯彻了极简主义精神的体育馆。"

将一切浮华的设计隔绝出奥林匹克精神之外。

国家为了振兴体育，投入了不少资金。

也许对于那些真正受益的运动员确实有效，

以及那些儿童时期就被选中的体育种子。

但还有另一种情况存在。

比如我们《圆桌杂志》的合伙人八井上小学时，有一位没有自行车的同学。

大家一起出去玩的时候，都是骑自行车出发的，而他那位同学只好用双腿跑。

后来上了初中，这位同学加入了足球队，他过人的跑步速度成为他的优势，还在马拉松大赛中夺得了优异的成绩。

所以说，劣势在一定条件下可以转为优势。

就算是日渐衰退的公司，只要将简单朴素作为运营宗旨，就能像将腌小鱼干当作晚饭的土光敏夫一样，东山再起。保持生活简朴的领导者，才可以减少公司的多余开支，将企业扭亏为盈。

当人们局限于自己的知识领域去思考问题时，有时候反而会找不到解决办法。

无论是经济学家，还是政治家，都会遇到

这样的情况吧。

像我这样的老百姓用写书或博客来抒发己见时，有些专业人士就会指出："这一点说得不对，应该这样说……"云云。

而极简主义，恰好可以帮助专家们去繁存简，从客观上判断。

比如：

为什么会存在政治家？

为什么会存在国家？

福利到底指的是什么？

养老金、国债的本义是什么？

如果我们每一个人都对这些司空见惯的概念，从最小限的角度去重新思量，一定会有所启发。

"如果一个国家没有国债会怎样？"

"没有国债恐怕不好吧？"

“也许没有国债天也不会塌下来……”

就像这样推敲思考，就能发现现实世界中的一些必要之外的东西。

如果把一个国家比喻为一个拥有庞大数目的会员的企业的话，那么显然我们没有经营好。

因为我们一心希望会员数量能不断增加，从而会费也跟着增加。

如果没有像预期的那样增加的话，就认为企业走不下去了。

所以日本的“少子化（出生率低）”一直是政府的一块心病。

其实，如果将出生率低的现象，视作是发达国家的未来必然趋势，又会怎样呢?

在不久的将来，国家会越来越成熟，人口不会持续增加下去。

难道在这最近100年，人类没有为大规模的人口增加而吃尽苦头吗？

随着人口的减少，男女受教育机会将越来越平等，职场上的性别歧视也越来越少，同工同酬也有望彻底实现。

希望能给高学历、高职位的女性创造更利于她们生育的环境；事实上情况也正在越来越好。

所以，对于人口不断减少的日本而言，要想下好这盘棋，应该现在就开始改革，才能描绘出未来的蓝图。

就算一个会员数不断减少的企业，只要保持朴素踏实的作风，也不至于会倒闭，国家也是一样。

甚至，人的精神世界会更加丰富。

这是我的真实生活经历，所以我深有体会。

很多人认为追求“小”、“少”的境界就不会幸福。

那么我想问，你追求的幸福到底是什么？

是繁花似锦的、豪华奢侈的、铺张浪费的境界吗？

最小限主义以及简单质朴的思想，绝不是要将国家引向贫穷。

而是让人们能直面“国家应该走向何方”、“我们应该如何生活下去”的问题。

027

日本传统中的极简主义

日本人所孕育的极简文化

我是一个日本人。

我认为极简主义这种未来的生活方式，日本人接受起来应该是水到渠成的，因为与日本人追求的信仰很契合。

西方人所追求的极简主义以及西方极简派人士的思考方式，都是基于他们本国的文化根基，连美国和欧洲的也不一样。

而我所讨论的极简主义，则是作为日本人对未来的构想。

在我们所赖以成长的日本文化的根基里，其实充满了极简主义的理念。

比如和歌、俳句的特点就是用限定的字数，来表达意味深长的内涵和情感，且很多都是以大自然中细小的雨声、昏暗的月光等微小的事物为题材。

日本的绘画艺术也是如此，自古日本绘画就注重细节的描绘。

细小的人物的动作、外貌都会细腻地描绘，很多作品光看局部是不知道整部作品的意思的。

但是，当你将作品中的每一个人都细看一遍，就会品出其中的故事，非常有趣。

而在西方，彼得·勃鲁盖尔的绘画风格与此类似，但是由于宗教画、战争画、肖像画更顺应潮流，所以像他这样的平民视角的画风没有成为主流。

到了近代，印象派又登上了历史舞台，其

代表人物莫奈，喜欢郊游，所以他的很多作品的人物视角都是朝着画家自身的。细节不再被强调，只是粗略地描述人们郊游的日常画面。

虽然我很喜欢这种描写人们幸福场景的作品，但是日本的画家似乎并不喜欢这类题材。因为体现不出浓缩的感情和风景。

当然，我并没有评判孰好孰坏的意思，希望大家不要误解。

我只是想说，日本人在绘画上，比较注重管中窥豹般的浓缩的美。

日本具有代表性的葛饰北斋、歌川广重等画家，在描绘下雨的场景时，直接用线条来勾勒出雨水的感觉，这种手法很有日本风格，也符合极简主义的视角。

而西方的画家，大多通过雨伞、天空、淋湿的墙壁、道路来渲染下雨天的情景。

如果要讨论日本与极简主义的关联性，不得不提及东山文化。

自从禅学在日本生根发芽之后，诞生了以银阁寺所象征的简朴淡泊的美学意识。

就在银阁寺的旁边，有一座叫“东求堂同仁斋”的建筑，是现存最古老的“书院造”风格住宅，而作为日本的茶道、花道、水墨画、精进料理等传统文化起源的东山文化，也正是从这里衍生的。

被很多人所熟知的幽玄·侘寂（Wabi-sabi）美学也是从这里，从这个建筑的时代流传开来的。

然而，这本是贵族们的赏玩雅趣。

为什么会成为影响今天日本人的根基呢？

因为战乱纷争的历史原因。

曾经由于东京存在朝廷和幕府两大对立的政治集团，各个“守护大名”（地方武士团首领）回到自己的领地，将从东京习得的最高级的文化发扬开来。

尤其是应仁之乱，将简朴淡泊的美学意识普及至庶民百姓。

东山文化是从1483年足利义政将军移居至东山的山庄时开始产生的，虽然1490年将军就去世了，但可以毫不讳言地说，这短短的几年就将我们日本人崇尚的简朴淡泊的简约文化彻底完善了。

为什么日本人会将简朴淡泊这种与金阁寺完全相反的文化继承至今，这个问题我尚不能说透。

也有一说是，因为建造银阁寺的时候没有钱。

按照今天的物价水平来计算，金阁寺耗费了几百亿日元，而银阁寺的建造很“寒酸”，是用银箔贴出来的。

到底真相如何，尚不知晓。如果是足利义政将军想借此表明不用花费巨资也能建成的话，还是很酷的。

要是他留下一句“银阁寺没有贴银箔，但在我心里比银子还有价值”，就更酷了。

与极简主义背道而驰的黑暗时期

简朴淡泊的美学意识由于最先被贵族阶层的人所接受，所以得以成为一种文化而被流传。

“保持少量的物品就够了”，这样的话不是从庶民百姓的口中说出来的，而是从很有修养的阶层的口中说出的，所以有了积极的影响。

于是，东山文化中的崇尚极简的意识形态，很快被千利休（日本茶道的鼻祖）所继承并发扬光大。

到了江户时代，这种美学意识依然被人们高度地崇尚着。

人们用扫帚清扫榻榻米，家里的装饰也保持简洁不夸张，并享受这种朴素的美感。

武士阶层则以赚钱为耻，以清贫为荣。

相对于富庶，人们更看重名节荣誉，就算一贫如洗，也要保持住宅和服饰一尘不染。

作为上流阶层的武士，虽然拥有一身武力，却极力追求清贫的生活，不知道这是什么样的心境。

在历史上，武力与财富之间不是画等号的。

江户时代有意思的是，武家阶层不仅追求简朴的美学意识，在经济上也贯彻了极简的思想。各个藩的经济规模，总是被严格限制。

武士们的俸禄不仅保持不变，而且武士人数以及其家族的人数也要受限制。

这种限制经济增长的矛盾也成为了幕府末期战乱的原因之一，势力更加强大的诸侯的壮大最终导致了幕府时代的瓦解。

通过锁国政策切断与外界的联系，也是一种追求简朴意识的体现，这虽然让控制一切贸易的江户幕府得以成功维系，但在锁国政策的末期，却导致人们的饮食、服饰等一切元素都受海外影响，变得不伦不类，丧失了本国风格。

如今，由于全球经济一体化的发展趋势，预测一国的经济走势更加复杂，以前那种全凭政治调控的年代一去不复返了。

世界一体化是当下时代的发展潮流，这个已经形成了共识，但是，可以让各个国家的利益达成共有的强有力的国际行政机构还没有出现。

但是这依然阻挡不了世界一体化的进程，所以各个国家之间总是一直在协议和磋商。

我这么说当然没有希望重启锁国政策的意思，但是实行开放政策，真的能提高我们国家的自给率吗？

“本国的问题依靠本国力量解决”这个简单的诉求，我们真的可以完成吗？

锁国政策废除之后，人们意识到要变“富国”。

于是，与其他国家的交往开始加强，并希望可以比别国更加强大。

日本追求更高更强的路就此展开。

从此，经济实力也好、军备力量也罢，以及领土面积，都开始了不断地扩大。

今天的我们，每天穿着西方人发明的洋装，以诞生于西方的汽车产业与世界抗衡，家附近开着很多味道可口、装修考究的餐馆，这样的生活，一定是拜明治维新和富国强兵政策所带来的。

“明治维新使得日本成为亚洲最早完成近代化的国家”，我们是受这样的教育成长起来的，所以我们也为这场革命感到骄傲。

我也很喜欢带来明治维新的幕府政权末期的历史。

但是，我又隐隐约约地觉得，明治维新以后的日本，有些地方让我很难认同。

一边是幕府末期的志士们沦为乞丐，四处逃亡，丢失了社会地位，但是依然保持着简约的生活方式以及清高的姿态，一边是政治家们不甘心输给西方文明，默默积蓄力量，大刀阔斧地改革。

难道整个日本真的被西方文明清洗了吗？

还是加了一层厚厚的外衣？

明治维新以后的日本，将增加经济实力视为第一目标，埋头苦干，追求无限的壮大。

还实行了所谓的强兵政策，壮大兵力。

领土也扩张了。

日本在战败后，停止了领土扩张的步伐。

政治上，可以将明治时代至战败这段时期总结为，日本从丰成秀吉以来推进扩张政策的最黑暗的时期。

同样的，从反极简主义的视角来看，奉行扩张主义的欧洲列强，也处于黑暗期。

当我们反观本国的历史时，不妨坦率地反省，我国曾有一段时期，是与极简主义背道而驰的。

如果不承认这个观点，而以国家利益来做

挡箭牌的话，那么日本人就不够诚实。

泡沫经济要持续到什么时候

让我们不妨从战后的历史一直说下去。

由于战败，百姓们被强制过着清贫的生活，后来经济实现了高度增长，并迎来泡沫经济时代。

于是，人们用各种品牌武装自己，无法判断是否真为自己所需，让人迷失的消费型社会里，每个消费者都是时代的主人公。

人们争相攀比自己所拥有的高级货，甚至有农民不惜借钱也要扩大自己的农田。

这种时候，日本人曾经崇尚的传统的朴素节俭的生活作风，被遗忘在哪里了呢？

虽然只能靠想象来推测，但我想从战后至

今，在很多不显眼的地方，很多人依然在实践着老祖宗传下来的简单朴实的生活方式。

本来，正是因为不奢华，很朴实，才不会拿到显眼的地方。

现在，我很珍惜为朋友泡茶这件事。

因为我觉得在自己家里，为朋友用心制作一杯饮料，就是一种很好的款待。

从极简主义的角度出发，这个简单的举动对于简单的人际关系而言，就可以带来足够的欢愉。

泡一壶茶，这是日本传统的一个缩影，在今天的生活里依然有它的生命力。

享受过了数码时代生活的便捷，如今极简主义生活正以新的面貌在一天天地被人们实践着，它看上去很新鲜，却是日本人骨子里的东西，早就融化在血液里一般。

越是用极简主义的理论来考量，就越对日本的和歌、俳句、东山文化所象征的极简文化有共鸣，让人心悦诚服，五体投地。

在青森的三互地区拍摄到的小小的佛堂。
周围什么都没有，显得清静而淡泊

028

走向极简主义的
未来时光

极简主义在未来是否有发展空间

我们的文化会越来越走向成熟。

比如饮食文化成熟之后，人们就不会热衷于吃不限量的自助餐。

那些跻身富裕阶层的人，曾经一度胡吃海塞，想吃多少吃多少，渐渐地变得脑满肠肥，大腹便便，失去了体面。

于是，节食开始流行。

只要愿意控制自己的饮食，就是很好的开端。

极简主义就是让人们思考适合自己的量是多少，然后以此来要求自己的一种文化。

如同想吃多少吃多少的自助餐一样，我们的物质文明已经发展到了想买多少东西，想要多大的房子，都能够满足的境地。

越是这样的时候，我越是不选择吃自助餐。

为了保持自己的体形，我为自己规定了每一顿的量。

你的生活能容忍多大的杂音、每个月用多少水电煤等能源、人际交往占据你多少时间、计划每年挣多少钱……

这些都应该有个规划。

未来，那些不加拘束、任意妄为的人，会被视作野蛮、不文明，得不到社会的尊重。

同样，那些只知道挣钱、永远不知道满足

的人，也得不到人们的尊敬。

到今天为止，人们一直在努力追求“大”的状态，所以即使有人提出“小点、少点也很好，够用就行”，也不会有人停下来，听听他的想法。

如果到了未来，物质已经高度繁荣，谁都可以实现自己的追求，那些依然停不下脚步去追求更大、更强的人会怎样？

前文我曾经举过的例子，再拿来看看：

某人住着豪宅；

某人开着名车；

某人腰缠万贯；

某人人脉颇广；

某人学识渊博；

某人进了名企。

即使未来过上了比现在还要富足的生活，他们依然把别人的生活当作攀比的标杆。房子已经足够大了，还想着换个更大的。

开的汽车已经够大够气派了，还想着买更大的。

挣了 100 万了，还想着挣一个亿。

……

这种欲望永远在膨胀的人，也未必受人尊敬吧。

但是，现在的主流价值观，依然是崇尚“大”的。

汽车是人们的身份象征，也许是因为它比住的房子更容易惹来艳羡的目光吧，它容易引人走入虚荣的世界。

品牌高端、马力强劲而又气派的汽车被视为高等级的车。

而愿意为人们生产马力不强、车型小巧，但是设计和品质都不逊色于高级车的厂家并不多。

再来看看电脑。

苹果公司设计的笔记本电脑，向人们展示了越薄越轻就越好的价值观。

这正是极小限主义的体现。

而苹果手机以精致小巧的身形，败给了大屏的三星手机后，也开始不断设计更大屏的手机。

再来看看酒的世界。

有人喜欢品尝各种酒，而有人只讲究特定的产地和品种。比如红酒，如果标明了产地、品种，甚至还具体到酒庄名的话，一定深得爱酒人欢心。毕竟对于爱红酒的人来说，挑选产地和品种才是乐趣。

日本酒一般都是标明生产厂家的，但是所使用的大米的品种一般是不标明的，即使标明了大米的品种，也不知道产于哪个县。

还有很多是多个品种的原材料混合在一起酿造的，威士忌也是如此。当然，我并没有否定的意思。

也许，在未来，所有的商品都像食物、酒一样，标明了产地，人们就像对红酒一样讲究商品的产地和原材料的纯粹性。

正如越是高级的料理店，越是注重保留食材本身的味道，越是注重食材的产地。这种观念正随着走向全世界的和食潮流，成为全世界的趋势。

再来看看体育行业。

体格魁梧、身高过人的人确实在这一行业

有很大的优势。

所以相扑选手们一直不懈地追求更粗壮的身体和更高的体重，但真的只有这一条路吗？

我却觉得有些不太对劲，说不清为什么。

我倒觉得像千代富士这样的相扑选手的身形是最理想的。

不过，像篮球、排球这样高体能的运动项目就另当别论了。

网球也是个子高的人占优势，奥运会男子100米、200米短跑世界纪录保持者尤塞恩·博尔特也很高大。

足球选手里，效力于曼联足球俱乐部的伊布拉希莫维奇身材高大，却脚法细腻而又灵活，实属难得。

而另一方面，不以身高见长的阿根廷的梅西和阿奎罗，还有日本队的香川真司和长友佑都也表现很突出。

这么一列举，我到底想说明什么呢？是想说身材不高也可以发挥优势吗？

其实，人的身高毕竟不是完全可以受自己意愿控制的。

我只是想说，如果只凭身体外在条件来决定胜负的话，是多么无趣啊。

还有高大的大佛雕像，

毕竟是大佛嘛，所以无可厚非。

而大楼呢。

以前 3 层楼就算高楼了。

后来有了 10 层、20 层的大楼。

现在，已经有了超过 800 米的摩天大楼了。

不知道还能高到多少米。

现代社会的价值观里，还有很多方面能体现人们对“大”的追求，我们不妨看看过去的时光。

先来说说恐龙，以下纯属我个人的推测：

如果恐龙灭绝的原因，不是陨石，而是由于身形过于巨大的话……

至于为什么身形巨大导致它们灭绝，我不能完全说得清楚，还是交给读者们去想象吧。

巨大的恐龙曾经在地球上占据了绝对的优势，灭绝了以后，较小的哺乳动物成为地球上的主要物种。

虽然我们人类不属于地球上比较巨大的物种，如果因为食物的原因，我们变成了巨人，也会发生一系列的问题。

未来我们的生活方式会发生什么样的改变呢？

从极简主义的角度考虑，也许“宅在家里”不会被人们批判。

不仅将来有可能人类不再需要劳动，而且人类为了节约资源，宅在家里也有可能会是最好的生活方式。

然而，正如我前面所提到的，看不见天空的家如同牢狱，所以即使宅在家里，也要选择采光很好的房子。

还有，要减少家里的物品。

不要把你喜爱的东西堆满你的空间。

这一点是有别于今天的“宅”的。

只有不被自己喜爱的东西包围住，才会愿意走到外面看一看吧。

所以，未来的生活方式，依然是偏重户外的。

人们喜欢投入大自然的怀抱，而尽可能地减少身边的人造物。

从前人们喜爱的户外活动、郊游是如此，日本人喜爱的“花见”也是如此。

无论是现代人还是未来人，都会认为亲近大自然，才是保持健康的精神状态，度过幸福一生的必要因素。所以人们会愈发远离人工的价值观，而倾向于自然的价值观。

那些极简派人士所追求的最终目标，当然是自然物，而非人造物。

人类在未来，会比今天大大地减少劳动。

劳动不再是谋生的必要手段，而仅仅出于个人喜好、习惯性或者健康的考虑，可能人们每天只工作 3 个小时。

为了能在夜晚眺望星空，街道的灯光也会

减少到极限。

记得在克罗地亚遇到的一个司机就告诉我，这在克罗地亚已经是被践行了。

20××年，政府的规模也会变得比较小。

高层建筑被限制建设。

电影、电视也出现了衰退。

因为人们普遍认为，总是看着别人的故事和人生，是不会变得幸福的。

所以，现在正流行的犹如偷窥隔壁家菜地的社交网络服务（SNS）也会退出历史舞台。

虚拟现实技术得到长足的进步，与体验真实的自然相比，到底哪一个好，会成为人们热衷讨论的话题。

比如，触摸冰冷河水的体验，虚拟现实技

术也可以完全真实再现，非常令人震撼。

有了这个技术，即使人类实际上去不了的宇宙，也可以通过它体验进入宇宙的感觉，还可以让你在太平洋的海水中观看夕阳美景。

这样一来，人们足不出户，就可以走遍全世界的各大名胜。

试想未来的一幕。

一位男子利用虚拟现实技术在家中体验了攀登悬崖峭壁之后，从山顶看到了绝美风景，觉得很开心，然后他面带笑容地关掉了电源。

走到屋外，在门口伸了个懒腰，正好有一位美丽的女子从眼前走过。

看到俏佳人的婀娜身影，以及一颦一笑带来的视觉享受，与虚拟现实技术是完全不一样的。

这位男子静静地看着女子，虽然他并不胖，

因为在未来，调节卡路里的摄入会变得更加简单，但是他没有勇气向女子开口打招呼，即使他用虚拟现实技术刚刚攀登了一座耸入云端的悬崖。

未来究竟是什么样，毕竟要等到未来才知道。

但是，未来也好，现在也罢，眺望大自然，或者静静地待在大自然中，是人类会一直延续下去的简单的行为。

要么热得汗流浃背，要么冷得直哆嗦，千百年来这种与地球的有意思的互动，是不会停止的。

越是走向未来，人们越是会舍弃让自己变得舒适的人工装备，而是去感受这个地球的真实空气和环境。

029

为什么日本人纷纷开始丢弃家里的物品

极简主义开始生根发芽

从全民整理房间、学习收纳的热潮，到纷纷丢弃家里的物品，进而学习如何达到极简的状态，这一波波的风潮刮到了日本，也刮到了其他国家。

其实，日本人骨子里就有变成极简派的潜质，只是从明治开始至战后，一直到今天，都被掩藏起来了。

虽然极简主义在很多发达国家同时盛行起来，但我们却发现日本传统文化的很多方面都与它相关。

“家里堆满东西会遭人非议”，如果说这是全民共识也许有些夸张，毕竟全国还是能找到不少堆满垃圾的房间，也有很多人喜欢将收藏品摆满整个房间。

然而，我想希望家里的物品尽量少些的日本人，按照成长过程中的传统价值观，都认为一个清爽干净的家会让人神清气爽。

正是这传统的价值观，默默地助力了日本人纷纷丢弃物品的潮流。

这股潮流的魅力正在以令人不可思议的速度传播开来。

正是这些开始动手扔东西的人，将“少一点”、“小一点”的价值在这个物欲横流的时代体现了出来。

虽然只是进展缓慢，但是日本人正在告别曾经的“将事情一直做到超出必要的境界”、“拥有很多不必要的东西”的时代。

从日常的整理整顿开始，演变出的断舍离的潮流，将不会终止。

房间整理好后，人们学会了用极简主义的标准取舍家里的每一样物品，新的价值观由此而生。

也许人们不会常把极简主义挂在嘴上，但是每一个人却在构建着属于自己的极简的生活方式。

接下来，人们将极简的生活理念投射到自己的生活规划和对幸福的理解上。

大家都开始寻找适合自己的最小限在哪里?

这个标准来自每一个人的自我实践，并且人们互相尊重彼此的标准。

包括幸福论，也是每个人自我寻找的结果。

对于我来说，这个答案就是“天空”。

我的少年时代，一直在与自己内心的不安做斗争。

小学的时候一直玩耍，不爱学习，上了初中，突然变得发奋读书了。

为什么会这样呢？因为我意识到如果我考不上某所高中，就上不了某所大学，也就不能找到体面的工作。

我害怕偏离大家普遍认为的出人头地的“轨道”之外。

也许是一种叛逆，也许是年少气盛，上了高中后，却假装不害怕落榜，明明自己读的是一所录取率很高的中学，却不学习了。

结果，我没有考上当初期望的大学，而决定来年去考美术大学油彩系。

心想着也许以后不能找到体面的工作，只能成为一个穷困潦倒的画家了，但是依然倔强地表现得风平浪静，似乎与普世价值观的路背道而驰，我一点都不害怕。

我在与内心里那个战栗不安的自己进行斗争。

我赋闲了一年，每天都在绘画中度过。

我知道自己心里还是很不安，很迷茫的。

然而，就在第二次高考前的一个月前，我放弃了考美术院校，声称自己要做一个画家，并对周围的人说“当画家就是不读美术大学也无所谓”。

结果，正如你所看到的，我什么成绩都没做出来。

看来少年的我对未来是充满恐惧的。

在冲绳本岛的电视台工作时，身边有很多与我同样高中文凭的人，通过读大学成为了正式员工。

而我只是个签约员工，待遇和前景就完全不一样。

我的职务是摄影助理。这样的工作只适合年轻人，像我现在这样上了岁数了，是完全干不来的。

我内心有很强的危机感。

也不得不承认，自己最终还是与那条出人头地之路背道而驰了。

于是，我又重拾了一度放弃的文学之路。

当地的出版社收到我写的诗歌后，觉得很有意思，于是雇用了我。

幸好有这个机会，让我走上了编辑的职业之路。

32 岁那年，我创立了自己的公司，看似水到渠成，其实内心也有不安。

我能不能经营好公司？

自己的业绩能不能得到认可？

我能挣多少钱？能攒下多少钱？

这每一种不安都直接指向将来我要消费多少东西，我要支付多少伙食费。

这个我无法预测。

然而，极简主义的思潮让我从这个不安中解脱了出来。

为将来的花费设定最小限，我就轻松自在了。

比如服装费。

我本来就不常买衣服，现在我常穿的衣服一个抽屉就能塞下，今后也不打算买很贵重的衣服。

所以钱就省下来了。

此外我也没有特别想买的电子产品和家用电器。

我的汽车是新车，我准备开十几年。

花钱的地方，大概是我喜欢住一些比较高级的旅馆，以及用在露营上的设备的费用，但是花费并不高。

在饮食上，基本都吃和食，且只在家里吃，可以说又便宜又清简。

工作上的花费的话，我最近新买了一台4000 日元的打印机。

前段时间这一款还特别贵呢，后来终于降价了。这下可以使用很久。

除此之外，还有什么需要花钱的地方呢？

一时想不起来，也许是出国旅行吧，但我很少自己去旅行，都是因公出差。

在我十几岁的时候，曾经有一个小小梦想。

那就是“希望将来有一天，我可以喝得起任何牌子的红酒”。

不知道当时是有多么地缺钱啊。

不过没关系，如今我爱喝的山梨的白葡萄酒才 1000 多日元一瓶，却美味得让人幸福。

自从喝了这款酒，连进口的更贵的葡萄酒都吸引不了我了。

原来，可以想喝多少就喝多少的美味葡萄酒，日本就有。

还有什么需要花钱的地方呢？是孩子吗？

常听人说，养孩子需要花很多钱。

但真是这样吗？我不太确定。

反正我不打算花太多钱。

我不仅没打算花钱培养她上好大学，也没打算送她去昂贵的私立学校。

很多东西我想亲自教她。

有一天，我抱着女儿从停车场往家走，

正好太阳开始西沉，云朵也渐渐被染红。

我对女儿说："你看，天空好美啊。"

女儿认真地抬起笑脸，看着远处的天空："是的，好美啊。"

如果是成年人，我这么对他说的话，他可能只会简单地嗯一声附和了事，而我两岁的女儿会认真地抬头看天空。

即使女儿今后上了小学，进入了青春叛逆期，我也会经常对她说："你看，天空好美啊。"

就算她学习成绩很差，我也不会生气；就算她高考落榜，我也不会觉得遗憾。

但是，当她忘记仰头看天空的时候，我会不厌其烦地提醒她。

今后，她的人生可以看到多少美丽的天空和夕阳，这是我最在乎的。

030

优雅而美丽的
最小限主义的每一天

极简主义的美感

农历八月十五的第二天，也就是一轮超级满月将升上夜空的那天。

因为工作的原因，我接女儿晚到了 30 分钟。

下午 4 点半我从家里出发。

从停车场把车开出来，沿着五日市街道向西行驶。

秋冬季节，太阳比平时更早西斜。

这个时间，倾斜的太阳从我的左前方时不

时地探出脑袋。

由于比平时晚出门了30分钟，所以夕阳比平时更红了。

在我等红灯的时候，发现右侧的建筑和树木都被染红了，反射在我右侧的车窗上，而道路左侧的建筑墙壁上树影投在上面，有的地方看上去像剪影画一样有趣。

绿灯亮了，我继续前行，夕阳在前面的车顶或车窗上时隐时现，也打在我的车的前玻璃上，反射出橙色的光芒，光影的错乱让人有种淡淡的超现实的感觉。

旁边的人行道上，成蹊大学的学生们正三三两两地走着，还有几个老奶奶的身影。

看着这样的风景，仿佛有一种在看电影的错觉。

这么说一点都不夸张。看着夕阳下人们的

身影，真的很美。

不管我的生活如何极简，夕阳的美是我无论如何舍弃不了的。

为了幸福，我们就要简单地像孩子一样抬头仰望天空、夕阳，因为它们真的很美。

同样，质朴的和食，也带有非常显著的极简的美感。

当你的生活空间里的物品减少了，你才能注意到物品自身的美感，并被它打动。

而当你减少了生活噪声，放缓了动作，你也会发现自己的举手投足也优雅了很多。

就算是家里用旧的冰箱，只要自己擦拭干净，你会再一次发现它原来很好看。

一个没有太多东西堆砌的空间，才会体现出它的美感，让人置身其间，心情开朗。

整理房间，丢掉不必要的物品。

而该保持多少必要的物品，没有具体标准，因人而异。

有人喜欢用各种收纳物品整理东西，有人喜欢把东西都收在背包里。

不管哪一种，都是每个人对极简主义的理解。

生活依然会继续。

早上起床、做早饭、吃早饭、收拾餐桌、换好衣服出门。

这样周而复始的生活轨迹里，其实都有极简主义的痕迹。

对于声音、动作、灰尘的极简化的理解，其实日本人有很多共通的不言而喻的部分。

这种理解的根源来自东山文化，说到底，是对生活美态的追求。

也就是说，我们在骨子里就知道该如何优

美地生活。

所以，极简主义才有它的土壤。

我的汽车还在夕阳中穿梭，往西南方向开去。

道路右侧延绵着高大的树木，形成一片树荫。

很像在欧洲的乡村开车的感觉。

夕阳会时不时地穿过树叶的缝隙洒下来。

这时，我想起《活出意义来》那本书里的片段。

那些被剥夺了一切的犯人，就算陷入绝望境地，依然可以被美触动。

在被押运的卡车上，他们眺望着萨尔茨堡的山顶上被夕阳染红的天空，专注而痴迷。

还有，在灰暗的集中营的远处，被夕阳染红的地平线，以及水坑里倒影的被染红的天空。

从正在建的军需工厂的工地上看到的沉入

拜仁的森林里的夕阳。

倾斜的阳光投向树林的画面，就像丢勒的水彩画一般，摄人心魄。

就像书里的某位犯人说的：“这个世界怎么这么美啊！”

安静的、缓慢的、美丽的、极简主义的每一天。

可以超越时代、民族、境遇，平等地来到我们每一个人身边。

后 记

很多日本人，看了书或一些电视节目以后，开始学着收纳整理自己的房间，并且丢弃家里不需要的东西。

我也像他们一样阶段性地做过这件事，直到 2013 年底，我妻子提出来的那一次大规模的整理，才让我知道了极简主义这个概念。

有很多东西我一直就想扔掉，所以我立刻就赞成妻子的决定，夫妻同心，才能彻底地扔掉很多东西。

我妻子说想在非常干净整洁的家里泡咖啡喝。

我家里本来有好几台蒸汽加压咖啡机，也前前后后买过很多台咖啡机。

后来，我们用腻了，最近家里没什么能泡咖啡的设备了。

在我们收拾屋子的时候，妻子说想要一款滴滤咖啡壶。

虽然不知道她为什么会有这个想法，我还是送了一台带蕾丝边咖啡滤纸的滴滤壶给她。

不过，后来基本都是我用这个壶冲给她喝，我也跟着爱上了这种咖啡壶。

而我之所以喜欢我现在开的这辆车，是因为我朋友八井也开的这种，我姐姐也开的这种。

我让女儿学习迪士尼电影《欢乐满人间》（*Mary Poppins*）的歌，这部电影是我妻子推荐给我的。

说了这么多零零碎碎的小事，我到底想说

什么呢?

我想说，到头来我的生活方式，我的选择和判断，很大程度上是受身边的人影响的。

活了 40 年，才明白这个道理。

我有一个从幼儿园到初中的同学，叫福本拓哉，上高中分开后，在美术学校又重逢了。

他陪我度过了多愁善感的年纪，后来他进了武藏野美术大学。

在本文中我没有提及的是，我从札幌落魄归来后，第一件事就是骑着摩托车迫不及待地去他家找他。

我还在他家认识了武藏野美术大学的平岩大辅、爱子，还有今天与我一起合伙开公司的八井，有谁会想到我们今天会变成合伙人呢。

如果我后来进入了多摩美术大学会怎样呢？无从想象。

福本拓哉大学毕业后去了纽约，后来我去纽约找他玩，我像刘姥姥进了大观园一样，开了眼了。如果他当初没有去纽约会怎样，也是难以想象。后来我和妻子去纽约旅行，她说想看《欢乐满人间》的音乐剧，于是我才知道这部电影。让我重新喜欢上《电子情书》(*You've Got Mail*) 这部电影的原因，也是因为在这趟旅行回来的飞机上重新看了一遍。这部电影的发生地，恰好就在我们住的酒店附近。

虽然福本拓哉居住在较远的饭能市，不是经常可以见面，后来由于我爱上了露营，我、福本拓哉以及八井三个家庭可以在奥秩父一起碰面。

非常开心。

对了，上次在河边那次烧烤的小聚会，是从瑞典回国探亲的平岩夫妻、八井夫妻以及我和妻子我们三个家庭。我在正文中也曾稍微提及，在冲绳的平岩家里，听到他和妻子关于创意行业的谈话，我才有了买个苹果一体机电脑（iMac）写文章的想法。这才有了后来转职做编辑的经历。所以我不得不感谢他。但是，由于和父母在一起，不知道为什么就是开不了口对朋友说谢谢。

但是，为什么烧烤聚会那天，佐佐木也会在场呢？

那是因为我总喜欢把佐佐木介绍给我身边的朋友们，也许说不定对他本人是一种困扰吧。

很长一段时间里，我和佐佐木一个是写真集的编辑、一个是摄影师的工作关系。后来，受我的极简主义的概念的影响，他开始写这方面的书。

我以为他会一直在写真摄影这一行干下去

呢，结果，因为写书的机缘，他调去了书籍部。

有一天，他发了一张非常美的夕阳的摄影作品给我看。

是他在浜松的海边拍的。

我问他为什么选择去浜松拍。

他说这是他最后一本写真集的拍摄地。

我轻叹道：最后一本啊……

他的人生就这样彻底地改变了方向。

我在回信中写道："这么多年，辛苦你了。谢谢你与我一起制作出版了三本写真集。"

我们在无意之中互相影响着。

我写这本书也是因为他随意的一句"你也可以写书啊"而促成的。

所以，有意义的事情，好的思想，就应该

深化下去。

再写下来，发表出来。

告诉身边的人，所有的人。

我们可以一起看电影、一起郊游、一起去露营、阻止彼此买车。

有一位曾和我一起夜宿小木屋的原田兄，夜晚跟我一起热烈地聊汽车聊到很晚。他很明确地表示自己不打算买车，结果没过几天，在网上看中一款雪铁龙汽车，特意坐飞机到爱知县，果断买了下来。

有一种人喜欢说“不要把你的观点强加给别人”，不用理会他。

拿出你的勇气，冲破固有的约束。

与身边的人互相影响，自在随意地改变生活方式，这样的人生才充满乐趣。

佐佐木是女演员小林凉子介绍给我认识的，所以，我必须再次感谢她。

当时我正在平田演艺事务所工作，所以我也要感谢当时的松本部长和社长，还有给我介绍工作的工藤夕贵先生。

还有一个人我也要说感谢，但，不说也罢。

帮我编辑这本书的武江浩企是我曾经工作的编辑部的同事，我非常感谢他，还要感谢让我从事编辑、学习摄影和英语的井形庆子主编。

此外，与我一起创办了圆桌杂志公司的八井先生，是与我共甘苦共命运的人，对他的感谢留到我弥留之际再表达吧。

这本书写完了，属于我的优雅而安静的极

简主义的每一天仍在继续。

领悟了极简主义以来，我的心变得对美更加敏感，我要用这种敏感，发现世界的美，与我的家人和知己们一起生活下去。

2015 年秋　沼畑直树